AF670974

Tucholsky Wagner Zola Scott Sydow Fonatne Freud Schlegel
Turgenev Wallace
Twain Walther von der Vogelweide Fouqué Friedrich II. von Preußen
Weber Freiligrath
Frey
Fechner Fichte Weiße Rose von Fallersleben Kant Ernst Richthofen Frommel
Hölderlin
Fehrs Engels Fielding Eichendorff Tacitus Dumas
Faber Flaubert
Eliasberg Ebner Eschenbach
Feuerbach Maximilian I. von Habsburg Fock Eliot Zweig
Ewald Vergil
Goethe Elisabeth von Österreich London
Mendelssohn Balzac Shakespeare Dostojewski Ganghofer
Lichtenberg Rathenau
Trackl Stevenson Tolstoi Hambruch Doyle Gjellerup
Mommsen Lenz
Thoma Hanrieder Droste-Hülshoff
Dach Verne von Arnim Hägele Hauff Humboldt
Reuter
Karrillon Garschin Rousseau Hagen Hauptmann Gautier
Damaschke Defoe Hebbel Baudelaire
Descartes
Wolfram von Eschenbach Dickens Schopenhauer Hegel Kussmaul Herder
Darwin Melville Grimm Jerome Rilke George
Bronner
Campe Horváth Aristoteles Bebel Proust
Bismarck Vigny Gengenbach Barlach Voltaire Federer Herodot
Heine
Storm Casanova Lessing Tersteegen Gilm Grillparzer Georgy
Chamberlain Langbein Gryphius
Brentano Claudius Schiller Lafontaine
Strachwitz Kralik Iffland Sokrates
Katharina II. von Rußland Bellamy Schilling
Gerstäcker Raabe Gibbon Tschechow
Löns Hesse Hoffmann Gogol Wilde Gleim Vulpius
Luther Heym Hofmannsthal Klee Hölty Morgenstern
Roth Heyse Klopstock Kleist Goedicke
Luxemburg Puschkin Homer Mörike
La Roche Horaz Musil
Machiavelli Kierkegaard Kraft Kraus
Navarra Aurel Musset
Nestroy Marie de France Lamprecht Kind Kirchhoff Hugo Moltke
Nietzsche Nansen Laotse Ipsen Liebknecht
Marx Ringelnatz
von Ossietzky Lassalle Gorki Klett Leibniz
May vom Stein Lawrence Irving
Petalozzi
Platon Knigge
Sachs Pückler Michelangelo Kock Kafka
Poe Liebermann
de Sade Praetorius Mistral Zetkin Korolenko

Der Verlag tredition aus Hamburg veröffentlicht in der Reihe **TREDITION CLASSICS** Werke aus mehr als zwei Jahrtausenden. Diese waren zu einem Großteil vergriffen oder nur noch antiquarisch erhältlich.

Symbolfigur für **TREDITION CLASSICS** ist Johannes Gutenberg (1400 — 1468), der Erfinder des Buchdrucks mit Metalllettern und der Druckerpresse.

Mit der Buchreihe **TREDITION CLASSICS** verfolgt tredition das Ziel, tausende Klassiker der Weltliteratur verschiedener Sprachen wieder als gedruckte Bücher aufzulegen – und das weltweit!

Die Buchreihe dient zur Bewahrung der Literatur und Förderung der Kultur. Sie trägt so dazu bei, dass viele tausend Werke nicht in Vergessenheit geraten.

Nachgelassene Erzählungen

Gottfried Keller

Impressum

Autor: Gottfried Keller
Umschlagkonzept: toepferschumann, Berlin

Verlag: tredition GmbH, Hamburg
ISBN: 978-3-8424-6892-4
Printed in Germany

Text der Originalausgabe

Gottfried Keller

Nachgelassene Erzählungen

Der Schneidergeselle, welcher den Herrn spielt

Unsern geneigten Lesern ist ohne Zweifel noch in frischer Erinnerung, daß der Sommer 1846 so heiß war, wie bei Menschengedenken keiner. Das empfand absonderlich ein Schneiderlein, welches in der kühlen Morgenfrühe aus den Toren der Bundesstadt gewandert war und nun am heißen Mittag im Staub der Heerstraße seines Leides kein End wußte. Wie gern hätte das Bürschlein sich unter einen Baum gelagert, um dem glühenden Sonnenstrahl zu entgehen, der ihm durch den magern Leib schien, als wär er eine Laterne. Allein das ging nicht; denn erstens mußte der Bruder Berliner heut unfehlbar irgendeinen Ort erreichen - ob Schaffhausen oder Basel, das weiß der Kalendermann nicht, tut auch nichts zur Sache - item einen Ort, wo ihm vom Bruder Schweinfurter, der daselbst arbeitete, durch ein wohlgesetztes Schreiben Kondition versprochen war; fürs zweite war das Geld bei ihm das wenigste - hatt er doch seinen letzten Batzen beim gestrigen »Kommersch« ausgeblecht, so daß ihm jetzt die »verflüchteste« Eile not tat, wie er sich auszudrücken beliebte. Inzwischen war, abgesehen von der unmenschlichen Hitze, unter der an selbem Tage Mensch und Vieh seufzte, das Vorwärtskommen für ihn mit absonderlichen Schwierigkeiten verbunden, sintemal er die Sohlen seiner Stiefel allbereits mit Gottes Erdboden vertauscht hatte, so daß die großen Zehen ebenso wehmütig sehnsüchtig unter dem Oberleder hervorguckten wie seine Augen unter dem »Schüchleder« seiner blutroten Studentenkappe. Indessen macht' er gute Miene zum schlechten Spiel, drehte im Gehen den Schweiß aus den sieben Haaren, welche seinen martialischen Bocksbart formierten, schwang lustig seinen Ziegenhainer - zumal wenn er jemanden daherkommen sah - ließ den Tornister mit dem Bügeleisen flott auf der linken Seite des Rückens herunterbaumeln und sang, dem Staub zum Trotz, der ihm die durstige Gurgel verbarrikadierte:

»Und in der Stadt Venedichen –
Da bin ich och jewesichen:
Ist eene große Fluß,
Worüber man schiffen muß,
Heeßt die andriantische See!

Och in dem Lande Saxichen,
Wo die schönen Mädels waxichen!
Hätt ich das jedacht,
Hätt ich mich eene mitjebracht
Und für den Meesterjesellen och eene!«

Plötzlich hört er's rollen und klatschen hinter sich; und wie er umschaut, erblickt er erst eine dicke Staubwolke, dann, im Näherkommen, vier stolze Pferde, die eine Staatskarosse ziehen, und einen Kutscher, der die Riesenpeitsche schwingt und dann wieder, wie eine Angelrute, sie gerad ausstreckt, als wolle er im Trüben fischen. Ach, fingest du mich, denkt das Schneiderlein, wie gerne wollt ich in deinen Fischkasten! Damit nimmt er einen desperaten Sprung auf die Seite; denn die Rosse sind ihm fast auf der Ferse. Zugleich aber zieht er seine Blutmütze, um sich in der Geschwindigkeit einen Zehrpfennig zu erfechten. Allein wie rührend seine Stellung sein mag: sie trägt ihm nichts ab; denn der Wagen ist leer, wie mancher Regentenkopf, und trotzig stülpt er den roten Lappen wieder auf seinen Schneiderkopf. Aber siehe, der Kutscher hält die Pferde an und sieht sich nach dem humpelnden Berliner um: »He, guter Freund, kommt mal her. Seid Ihr ein Schneider?«

»Ich bin ein Kleidermacher, Servitör!«

»Seht, da ist mir ein vermaledeites Unglück passiert. Im Aufsteigen hat mir ein Nagel die Hosen aufgeschlitzt, daß ich sie mit dem Mantel decken muß, wenn mich die Leute nicht für den Adam ohne Feigenblatt halten sollen. Seid Ihr kapabel, mir den Riß erträglich zuzunähen? Dort im Walde läßt sich füglich haltmachen, und es kommt mir so wenig darauf an, eine Viertelstunde zu warten, als Euch zum Lohn mit Euerm schlechten Fußwerk ein paar Stunden mitzuschleppen.«

Wie bereitwillig das Schneiderlein sich einstellte! Im Walde fand sich hart an der Straße ein kommlicher Busch, in welchem der Schneider ungesehen flicken, der Kutscher unbeachtet auf seine Pferde vigilieren konnte. Innerhalb des festgesetzten Termins war der Schaden zur Zufriedenheit des letztern (nämlich des Kutschers) geheilt, und der Bruder Berliner stieg selig in den Bauch des Staatswagens, welcher am Tage vorher zwei Tagherren eingeschlossen und gen Zürich spediert hatte.

Kaum saß das Schneiderlein auf den weichen Kissen, so kam der Geist der Eitelkeit über ihn. Daß dieser Geist noch, als Nachlassenschaft der beiden Staatsmänner, in den Polstern gesteckt habe, ist nicht glaublich, sintemal er den Herren in Zürich beim Auspacken nicht fehlte. Genug, der Geist der Eitelkeit kam über den Berliner: er machte eine hübsche Rosette ans fadenscheinige Halstuch, unterdrückte mit starker Hand die schweißtriefenden, rostgelben Vatermörder und striegelte mit einem dritthalbzähnigen Kamm das Haupthaar in eine schiefliegende Scheitel; auch den Backenbart würde er gestriegelt haben, hätt er einen gehabt. Dann lehnt' er sich zurück, rundete die Unterlippe zu einer stolzen Wurst, blies die Naslöcher auf wie ein Walfisch und machte Augen, so hochmütig und unzufrieden, als wär er ein geborner Junker oder ein übersättigtes Kirchenlicht.

Unter diesen Umständen konnt es nicht fehlen, daß er von seinesgleichen häufig und dringend angebettelt wurde. Er antwortete dann mit demselben vornehmen Grunzen, womit er selber so häufig abgespiesen worden war. In einem Dorfe jedoch, in welchem die Kutsche hielt, drängten sich drei Leidensbrüder mit so unüberwindlicher Hartnäckigkeit an die Portiere – ja, ein Tuttlinger, Schuhmacher seines Handwerks, schwang sich sogar auf den Wagentritt und hielt ihm die pechgeschwärzte bettelnde Hand so nah vor die Nase, daß er plötzlich in einen Strom von reglementarischen Gesellenschimpfwörtern ausbrach, was zwar die drei Vögel erst frappierte, dann aber anzog, wie das Aas die Geier.

»Seht da den silbernen Ellstecken! das filzige Bügeleisen! den herrelenden Geißbock!« schrie der Tuttlinger, sich auf dem Wagentritt umwendend. »Der Kerl hat sich aus gestohlenem Tuch ein himmelschreiendes Vermögen zusammengeflickt und meint nun, weil sein

Werktisch eine Kutsche und sein Geißenquartett ein doppeltes Roßgespann geworden, er sei des großen Hunds Götti!«

»Laß ihn gehen!« rief der Braunschweiger, ein Ledergerber. »Ich möchte trotz seines Geldes nicht in seiner Haut stecken. Zwar wollt ich sie gerben, aber trocken, mit diesem Haselstock möcht ich sie gerben - nicht, um ein Fell daraus zu machen, sondern Fetzen, blutige Fetzen, wie's einer schäbigen Bockshaut gebührt!«

»Kommt, Brüder, laßt uns weiterziehen!« brüllte der Hannoveraner, ein Pastetenbeck, »sonst nimmt er uns auf die Hörner und meckert eine Litanei, daß wir uns die Nasen zuhalten müssen statt der Ohren!«

»Ihr Tausendschwerenöter!« schnauzte das Schneiderlein aus der Kutsche, »so haltet doch euere Mäuler! Was wollt ihr von mir? Seht einmal her!«

Damit steckte der arme Berliner hastig sein mageres Bündel mit Bügeleisen und Ellenstecken und gleich darauf seine beiden Füße mit den sohlenlosen Stiefeln und haselnußgroßen Schwielen durch den Kutschenschlag.

Der Beweis wirkte. Das Kleeblatt stand da mit offenen Mäulern und glotzenden Augen. Endlich trat der Tuttlinger hinzu und rief: »Zieh nur dein Gestell wieder rein; wir wissen nun schon, daß du ein armer Teufel und nicht von Gebiken, sondern von Nehmiken bist. Da hast du einen Groschen, Bruder, und nimm meine Grobheit für 'ne Ehr auf!«

»Da!« brummte gutmütig der Gerber, »faß diesen Bernbatzen! Hätt ich ein paar Stück Sohle bei mir, du bekämst's. Straf mir Jott! Die Schosseh, auf der du wanderst, liefert schlechtes Rindsleder.« »Ich hab nur noch sechs Kreuzer im Sack«, versicherte wehmütig der Hannoveraner, »und muß noch acht Stunden Weges machen bis zur Herberge. Du begreifst, Bruder, daß ich nichts entbehren kann. Doch halt, da sind ein Paar Socken; die magst du dir anziehen, damit du die einzige Barschaft, die du hast, deine baren Füße, in etwas schonen kannst. Glück zu, Bruder! Was für ein Landsmann bist du?«

»Ein Berliner, daß Gott erbarm!«

»Preußen hoch! Vivat Berlin!« stimmte der baumlange Braunschweiger an, und brüllend fielen die andern ein: »Preußen hoch! Vivat Berlin!«

Das Schneiderlein aber schwenkte dankbar seine blutrote Mütze und sang, während der Kutscher mit ihm davonfuhr, aus voller Kehle und vollem Herzen in bekannter Weise:

»Adies, Brüder! lebet wohl;
Wir uns wiederum seihen soll!«

Die misslungene Vergiftung

In einem benachbarten Kanton lebt ein Apotheker, ein Mann, der früh und spät unter seinen Töpfen mit Latwergen, Pillen und Salben anzutreffen ist, dessen emsige Hand mit einer bewundernswürdigen Fertigkeit die Rezepturen komponiert, Extrakte destilliert, Posten einregistriert und überhaupt alles besorgt, was im Bereich seines Geschäfts nur vorkömmt; er besucht keine Vergnügungsplätze, gibt keine Gesellschaften und nimmt auch keine Einladungen an; er geht jahraus jahrein in kein Wirtshaus und schmäht über jene, die abends nach vollbrachter Arbeit ihren Schoppen trinken. Seine teure Ehehälfte besorgt das Hauswesen; sie hat keine Magd, tut alles selbst, scheuern und putzen, kochen und braten, flicken und stricken, alles liegt ihr ob; auch sie besucht keine Teegesellschaften, keine Theater und Tanzpartien, sondern nur allwöchentlich mit ihrem Eheherren den Gottesdienst. Diese guten Eigenschaften verlieren aber plötzlich sehr an Gehalt, wenn wir diese Leutchen schärfer aufs Korn fassen – der Hauptzug ihres Charakters ist Geiz und Mißgunst; es ist zwar nicht jener gemeine Geiz, der sich selbst keinen guten Bissen gönnt und lieber am Hungertuch nagt, als einen Kreuzer aus der schweren Geldkiste nimmt, um schwarzes Brot zu kaufen; nein, dieser schmutzige Geiz ist es nicht, denn er und seine Ehehälfte sind Leckermäuler, und die schönsten und besten Bissen zieren tagtäglich ihren Tisch, die besten Weine kitzeln ihren Gaumen, und den allerfeinsten Knaster dampft der Herr aus seinem Pfeifchen; handelt es sich aber darum, ihren Mitmenschen beizustehen, so ist des Apothekers Herz und Haus verschlossen, und der Arme und Bedrängte kann getrost an seiner Türe vorbeigehen, denn nicht ein Pfenning wird ihm gereicht.

Wenn wir vorhin sagten, daß er alles selbst tue, so ist dieses ein moralischer Zwang bei ihm, ebenso bei seiner Frau, denn kein Gehilfe, keine Magd kann es in seinem Dienst aushalten; er so wie sie mißgönnen diesen jeden noch so karg zugemessenen Bissen; die elendesten Suppen, das schlechteste Brot ist mehr wie gut genug. Sein ganzes Dienstpersonal hatte sich demnach bis auf einen Kopf reduziert. Dieser Kopf gehörte dem Lehrling an, einem gefräßigen spindeldürren Burschen, der schon zweimal das Hasenpanier ergriffen hatte, aber jedesmal wieder eingeholt wurde, weil ihn ein Lehrkontrakt auf vier Jahre fesselte. Dieser Bursche wurde daher im

Laboratorium, im Magazin und in der Küche je nach Bedürfnis postiert, um die rohen Arbeiten zu verrichten.

Hans, so ist sein Name, war aber die Gefräßigkeit selbst, und wo es irgendwo was Eßbares gab, entweder um den Hunger zu stillen oder aber um den Gaumen zu kitzeln, da waren seine fünf Finger zum Griffe bereit. Unzählige Male hatte schon der braunlackierte Rohrstock des Apothekers seinen Rücken blau und grün durchgewalcht, und täglich zogen der Frau Prinzipalin magere Krallen tiefe blutige Furchen in sein Gesicht; doch alle diese Mittel waren nicht kräftig genug, ihm den Kappzaum der Mäßigkeit anzulegen; seine Muskeln waren in steter Bewegung auch selbst dann, wenn sie nichts zu verarbeiten hatten. Öfters lag er vorm Schlüsselloch und sah seine geizige Herrschaft ein köstliches Gericht verzehren; unwillkürlich waren dann aber auch seine Kiefer in auf- und abgehender Bewegung; gekaut mußte unser Hans nun einmal haben, und wäre es auch nur zum Schein.

Sein Lieblingsaufenthalt war das Magazin; hier wurde Kakao mit Zucker, Schokolade, Sirup, wohlschmeckende Latwergen, Honig und so fort mit einer Gier und Wollust geleckt, gekaut und verschlungen, welchen seligen Genuß er aber stets, wenn er ertappt wurde, mit dem Braunlackierten zu büßen hatte. Eine kleine Entschädigung fand er dann immer noch in einem Gefräß, wo sein Tyrann noch gar keine Ahnung davon hatte; es waren nämlich die weltberühmten Pâte pectorale von Georgé, Apotheker in Epinal. Diese waren als Kommissionsartikel in einer Kiste verpackt, von welcher er den untern Boden gelöst hatte, die Schachteln schichtweise von ihrem Inhalte säuberte und wie geschnitten Brot hineinwürgte. Diese Mahlzeit nannte er seinen Rekompens-Artikel; doch nur sehr ungerne machte er Gebrauch davon, nicht deshalb als ob sie ihm nicht mundeten, sondern eine gräßliche Versuchung hatte er jedesmal zu überwinden, wenn er zu den Schachteln gelangen wollte. Auf dieser Kiste nämlich standen zwei große, weithalsige, wohlverschlossene weißgläserne Flaschen, in welchen nach seinem Dafürhalten die appetitlichsten, feinsten eingemachten Früchte sich befanden, und immer war es ihm, wenn er sie herunternahm, als müsse er, hineinlangen, um seine Freßbegierde zu befriedigen; aber die verdammten Etiketten dieser Gefäße machten ihn zittern und zagen; grau und schwarz wurde es immer vor seinen Augen, wenn er das gräßliche Wort las: »Gift, Sublimat«, und dann den grinsenden Totenkopf betrachtete, welcher darunter gemalt war – »nein, das ist jammerschade, daß diese herrlichen Früchte giftig sind«, murmelte er dann vor sich hin und stellte sie betrübt nach beendigtem Geschäfte wieder an Ort und Stelle.

Eines Morgens, es war Sonntag, als er eben seinem Rekompens-Artikel wieder tüchtig zusprach, tönte die grellende Stimme der Frau Apothekerin und beschied ihn in die Küche. Das böse Gewissen malte ihm schon die ausgestreckten Krallen der Haus-Xanthippe entgegen, als er die Treppe zur Küche hinabsprang und den letzten Knollen Gummi pectoral hinabwürgte, – doch hier erwartete ihn ein ganz anderer Anblick. Sein Tyrann stand da im zimmetfarbenen Satinrock, garniert mit blauen, stählernen Knöpfen, einem Paar engen Nankinghosen, weißseidenen Strümpfen und beschnallten Schuhen; in seiner Hand prangte der bekannte Braunlackierte; neben ihm verweilte die Hauseule im zeisiggrünen Kleid mit großem Pelerinkragen; ihre Kräuel waren nicht zur Attacke ausgestreckt, sondern waren eben damit beschäftigt, aus einer Handvoll kleiner Geldmünzen die falschen und ungangbaren herauszusuchen, um sie, wie es gewöhnlich geschah, nach dem Gottesdienst in die Armenbüchse zu schieben.

»Hans«, hub endlich der Apotheker an, »heute ist der Geburtstag deiner nachsichtsvollen Prinzipalin, meiner lieben Frau, und deshalb besuchen wir heute gemeinschaftlich den Gottesdienst.« – »Und hier«, nahm die Hausherrin das Wort, »hier ist Arbeit für dich, die du während unserer Abwesenheit verrichten kannst.« Ein Schupf unter die kurzen Rippen zeigte ihm den Weg zum Feuerherd, wo ein Spanferkel ganz allerliebst am Spieße stak und schon einen angenehmen Duft um sich her verbreitete. »Hier, Bursch, ist das, was du vollbringen sollst; du drehst in einem fort den Spieß, gießest öfters Brühe nach und schürst die Kohlen; gib acht, daß nichts verbrennt, oder ich rupfe dir die Ohren rot und blutig.« – »Und auch ich tu dann das Meinige, Schlingel«, rief der Herr, indem er den Stock über Hansens Kopf pfeifen ließ, »ich brate dich gleich jener Sau am Spieß; verstanden, he!« Unter solchen Drohungen verließ das fromme Paar das Haus. Nachdem das Schloß zweimal geknarrt und der Schlüssel den Rückzug genommen hatte, wurde es unserm armen Bratenwender wieder wohler ums Herz.

Die lieblichen Düfte, die gleich himmlischem Weihrauch seinen Geruchssinn bezauberten, machten endlich seinen Gaumen derart lüstern, daß seine Unterkiefer wieder in das unwillkürliche Kauen gerieten, immer brauner und saftiger wurde das Säulein, und hunderttausend kleine Fettbläschen gleich echten Perlen hüpften und tanzten jubelnd, sich vereinigend und zerplatzend und wiedergebärend, auf der glatten Fläche umher, und es knisterte und knasterte und spritzte und zischte, als wälze sich eine kleine Welt voll Leben am Spießdorn um und um. Und der arme Hans, da saß er nun und drehte die Spindel und löffelte und tunkte und schürte, und wie ein fein angerauchter Meerschaumkopf so braun, so glänzend und glatt war die Haut zur Kruste geschmort, und er saß da, den Mund voll Wasser und das stiere Auge fest auf das bratende Ferkelchen gerichtet. »Hat doch jeder Koch, jede Köchin das Recht, die von ihnen bereitete Speise zu versuchen«, hob er für sich sprechend an, »warum soll nicht auch ich ein kleines Pröbchen kosten? Das Krüstchen da am hintern Schinken, was ohnehin zu hoch hervorsteht, wäre wohl nicht übel, die Stelle wird schon wieder braun und glatt.« Gesagt, getan, und fort war das Krüstchen in Hansens bodenlosen Schlund. Es wäre ein frivoles Unternehmen, den Effekt zu beschreiben, den dieser Leckerbissen in Hansens Gaumen verursacht hatte; er saß da mit funkelnden Augen und schnalzender Zunge, und aus seinen Mundwinkeln triefte Fett im glänzend langsamen Zuge.

»Wer a gesagt, der sagt auch b, c, d dann hintendrein.« Auch unserm in Wollust und Wonne aufgelösten Hans erging es nicht besser. Mit dem Genuß des ersten Stückchens hatte der Satan ihn schon beim Wickel gefaßt und flüsterte ihm beruhigend zu: »Friß du nur, du armer Schelm, du hast ja sonst nichts auf der Welt als deine Wassersuppe mit verdorbenem Brot und einen ewig blauen Rücken, hast ja auch gar keine freudige Stunde, drum nur noch dreist ein Krüstchen abgelöst, es wird ja ganz gewiß schon wieder braun, sei deshalb ohne Sorgen, niemand merket den Raub« – und Hans, der arme Hans ging in die Falle, der zweite Angriff war noch viel besser und die folgenden zum Entzücken gut, fort war endlich die ganze Kruste – »sie wird schon wieder braun, du Narr, sie färbt sich schon, nur immer zu«, so klangs in seinen Ohren. Der Hauptbissen oder der Knalleffekt des ganzen Mahles waren die Öhrlein der Sau; diese knapperte Hansens Gebiß mit einer Behaglichkeit zusammen, daß er alles rings um sich vergaß: er lebte in einem Wonnetaumel, der seinen Geist, gleichsam wie zwischen Schlafen und Wachen, gefesselt hielt. Die lüsternsten Freßvisionen tanzten unablässig vor seinen Sinnen; bald war es ihm, als befinde er sich unter den Gästen der Hochzeit zu Kanaan und verschlinge eben eine ganze Pastete von gehackten Kapaunen, während der Oberkoch im rotgalonierten Scharlachfrack mit Beihilfe von noch vierzehn Unterköchen damit beschäftigt war, eine ungeheure Schüssel gerade vor ihm auf den Tisch zu placieren, worauf sich ein ganzer gebratener Ochse in aufrechter Stellung befand – und ihm sei die Aufgabe gestellt, diesen Koloß bis auf das nackte Bein zu verzehren. Einmal kam es ihm sogar vor, als sei er eine von den sieben mageren ägyptischen Kühen und habe Reißaus genommen und befinde sich eben jetzt in einer üppigen Kornquader, wo er nach Herzenslust seinen gräßlichen Hunger stille.

Unter solchen Träumereien war endlich das ganze Schweinchen aufgezehrt. Da ließ Hans noch einmal seinen trunknen Blick vom Kopf bis zum Steiß hinüberstreifen, ob nicht irgendwo ein Stückchen unbeachtet geblieben sei, – doch o weh! Diese Forschung warf ihn gleich einem zerschmetternden Blitz in die Wirklichkeit zurück, denn er gewahrte das noch unbeachtet gebliebene, stockgerade herausstehende braunglänzende Schwänzchen, das ganz getreu, nur im verkleinerten Maßstab, so aussah wie der braunlackierte Imperativ seines Herrn. Die Kapaunpastete, der ganze gebratene Ochse und die üppige Kornquader waren verschwunden, und jetzt erst sah er das häßliche Gerippe der abgenagten Sau vor sich, und es grinste ihn an, als wolle es sagen: jetzt Freund, jetzt kommst du an meiner Stelle an den Spießdorn. Das war dem armen Hans zuviel: nun stand es fest und unabwendbar vor seiner Phantasie, daß der Apotheker ihn zuerst halbtot schlagen und dann am Spieß braten werde. Nein, diese Marter ist zu groß – sterben mußt du nun doch einmal, nun so sei es denn in Gottes Namen, ich will mir lieber selbst einen plötzlichen Tod bereiten – ich will Gift nehmen! Und Hans holt die zwei großen gläsernen Flaschen herunter, setzt sich bequem hin und stopft und würgt die delikaten Früchte hinunter. »O köstliches Gift, schade, daß du tötest!« ruft er aus und sinkt ermattet am Herd nieder; hier erwartet er den Tod, der aber durchaus nicht erfolgen will. Da knarrt die Haustüre, und gleich einer Salzsäule, mit erhobenem Stocke, weit aufgerissenen Augen und offenem Munde steht der Apotheker da, er glaubt zu träumen, da fällt sein Blick auf Hans, dieser lächelt ihm noch sterbend zu, und mit einer Wut fährt er diesem nach der Gurgel, um ihn apfelweich durchzubleuen. Da lallt Hans mit schwacher Stimme: »Lassen's, Herr, lassen's, ich bin gleich tot, lassen's nur, ich habe mich vergiftet!« Da fährt der Apotheker entsetzt zurück. »Was, vergiftet, vergiftet, womit, mit was denn?« – »Herr, die delikaten Sublimatfrüchte, beide Gläser, Herr, beide Gläser leer, Herr!« – »Da soll dich ja der Teufel holen, du verfluchter Halunke, auch noch meine herrlichen Früchte hast du verschlungen?« Und Hieb auf Hieb fiel auf Hansens Rücken, bis er, trotz dem besten Rostbeaf, weich geplutzt war. »O ich Tor!« jammerte der Apotheker, »ich glaubte meine Früchte zu retten, als ich eine Gift-Etikette daraufklebte, und doch sind sie durch die gefräßige Bestie verzehrt worden.«

Wenige Minuten nachher sehen wir unsern vergifteten Hans mit einem tüchtigen Gerbemittel im Leib und einem wohlapplizierten Tritt zur Haustüre des Apothekers hinausfliegen.

Verschiedene Freiheitskämpfer

Man sagt, daß die Löwin, wenn die Männchen um sie streiten, ruhig dem Kampfe zuschaue und dann mit demjenigen gehe, der zuletzt Meister bleibt. Sei diese Eigenschaft nun mehr dem Löwen oder mehr bloß dem Tiere im Löwen zuzuschreiben, so wird auch unter dem Menschengeschlecht zuweilen ein Teil der weiblichen Welt von ihr ergriffen, in den verschiedensten Ländern, im Norden wie im Süden, von der Magd in der Küche bis zur Herrin im Saal. Wenn nämlich ein siegreiches feindliches Heer, eine eingedrungene fremde Völkerschaft das Land besetzt hat und die eigene Mannschaft flüchtig, versprengt und unterdrückt ist, so dauert es keine Stunde, bis die Mädchen mit den Eingedrungenen Arm in Arm über die Gasse wandeln, und unter den Haustüren, an allen Brunnen wird ein Getue und eine Sache zum Erbarmen. Doch ist diese Erscheinung nur dann zu beobachten, wenn die Männer sich nicht gewehrt haben, wie sie gesollt, wenn überhaupt kein pflichttreuer Widerstand stattgefunden hat.

Als im Frühjahr 1798 die fünfhundertjährige schweizerische Eidgenossenschaft unterging durch die schuldvolle Ratlosigkeit der alten Regenten, durch ihre leichtfertig verspäteten Zugeständnisse, durch die Unwissenheit und Unverständigkeit der Revolutionäre und ihren sittlichen Mangel an nationalem Selbständigkeitsgefühl, endlich durch den gewissenlosen Einbruch eines sogenannten französischen Befreiungsheeres, der nur durch alles das möglich wurde da ging die Löwenlaune auch unter vielen Schweizerinnen um. Zwar nicht an den Orten, wo das alte Ehrgefühl einen verzweifelten Kampf bestanden hatte; dort gab es erschlagene Frauen und Jungfrauen genug zum Zeugnis ihrer unwandelbaren Treue zu den Männern und der Ehre des Landes; aber anderwärts, wo die Männer, statt sich selber zu helfen, die Franzosen herbeigerufen hatten und sie bewunderungsvoll und untertänig angafften, oder wo man sie zwar haßte, aber zugleich fürchtete, da ließen sich die Weiber willig von ihnen den Hof machen. So bitter dies Schauspiel war, so begreiflich war es, wo die Männer, die vertriebenen Oligarchen anklagend, sich selber der politischen Unwissenheit und Unbeholfenheit beschuldigten und die große Nation der Neufranken – die soeben als große Dilettanten die eigene Republik zugrunde richteten – als ihre Lehrmeister der Freiheit begrüßten und verehrten. Es ist ein trauriger Vorwurf, wenn Kinder ihre Eltern einer mangelhaften Erziehung und der Verwahrlosung anklagen. Noch trauriger ist es, wenn gestürzte Regenten von den empörten Landeskindern den bittern Hohn hinnehmen müssen: ihr habt uns in Unwissenheit und Roheit gehalten, und dennoch haben wir euch besiegt. Allein die sich so als Unwissende und Rohe bekennen, werden darum nicht größer in den Augen des Weibes. Übrigens ist es eine schlechte Ausrede, wenn man sich der eigenen Unfähigkeit anklagt, um das Herbeiholen der Fremden zu beschönigen; denn wer sich nicht selber helfen kann, verdient eben noch nicht frei zu sein.

Auch die Jungfrau Babette Zulauf - nicht mehr ganz jung und Bürgerin eines alten Städtchens in der deutschen Schweiz, dessen Name hier verschwiegen bleibt - fühlte sich an einem schönen Frühlingstage des Jahres 1798 von jener Löwenlaune beseelt; denn man erwartete im Laufe des Nachmittages ein Bataillon einer französischen Halbbrigade, die man die schreckliche oder die schwarze Legion nannte. Das Städtlein hatte seit Jahrhunderten unter der Oberherrschaft zweier eidgenössischer Stände gelebt, aber nicht ohne seine eigene uralte Verfassung und Freiheiten, bestätigt durch die deutschen Kaiser sowohl als durch die verschiedenen Herren, die es besessen, bis es durch jene zwei Stände gemeinsam erobert wurde. Ihrerseits hatte die Stadt, während sie selbst Untertan war, zwei ansehnliche Dörfer zu Untertanen; aber nur über eines derselben übte sie die hohe Gerichtsbarkeit, die niedere gehörte einem entfernten Frauenkloster, welchem sie ein längst vertriebener Junker einst für einige Pfund Pfennige oder Schillinge verpfändet und das Einlösen vergessen hatte. Die hohe Gerichtsbarkeit des andern Dorfes besaß eine ihrerseits auch beherrschte Talschaft, welche das Dorf einst erobert und nach hundertjährigem Besitz wieder abgetreten hatte bis auf diesen Herrschaftsrest, für den sich kein »rechtmäßiger Besitzer« mehr vorfand. Übrigens verwalteten beide Dorfgemeinden sich selbst nach alten Öffnungen, die von eigentümlichen und phantasievollen Bestimmungen strotzten, deren verborgene Weisheit die Bauern genau zu deuten verstanden und deren sinnbildliche Einkleidung sie sorgfältig handhabten. Überdies waren selbst diese Dörfer nicht ohne alle Herrlichkeit, da sie gemeinschaftlich einige Gefälle bezogen von einem einsamen Hofe, welche sie einst einem bedrängten Johanniterhaus abgeschnappt hatten. Die

Bewohner dieses Hofes endlich waren wiederum freie Männer und gehörten einem demokratischen Gemeinwesen an, das mit den souveränen Kantonen auf gleichen Füßen stand und mit einigen derselben irgendein unterworfenes Ländchen regierte.

So war das Recht und die Freiheit der Menschen kristallisiert wie das Blumeneis einer gefrorenen Fensterscheibe, und das alte, aber immer noch scharfe Schwert, das man »freundeidgenössisches Aufsehen« nannte, hütete dies Eisbild wie ein köstliches Kleinod. Plötzlich aber zerbrach das Schwert, und das Eisbild zerschmolz an einem heißen Hauche, der aus dem zusammenfallenden Krater der Französischen Revolution noch spät herüberwehte. Da gaben die Eidgenossen das Städtchen frei, das Städtchen gab die Dörfer frei, die Dörfer gaben den Hof frei, und die Bauern des Hofes stimmten auf ihrer Landsgemeinde zur Freigebung aller gemeinen Herrschaften. So war nun alles frei, aber niemand Herr im Lande als der Franzos, welcher eben durch den alten Torbogen unsers Städtleins marschierte in abgebrochenen Zügen, die sich aber innerhalb des Tores sofort wieder herstellten in ganzer Breite, damit das elastische Einherschweben, das Tänzeln und Schulterwiegen der Grenadiere ja seine volle Wirkung nicht verfehle. Auch sperrten die Bürger mit ihren Weibern und Kindern vor lauter Bewunderung den Mund so weit auf, daß das Bataillon in jedes Maul mit unabgebrochenen Zügen hätte hineinmarschieren können. Die ungeheuren Hüte mit der Breitseite fest aufs rechte Auge gedrückt, mit weißer Brust und langhin wehendem blauem Frackzipfel, das Gewehr im Arm, tanzten die Grenadiere durch das offene Maul in die Herzen der neuhelvetischen Bürger und ihnen nach die Füsiliere und Jäger.

Der schönste von den letzteren und der letzte Schließende des ganzen Zuges, der Chasseur Peter Dümanet von Paris, rückte unmittelbar ins Herz der Babette Zulauf, dicht vor welche er beim Halt zu stehen kam. Schlank und geschmeidig wie eine dunkle Schlange, drehte und wiegte er sich unablässig in seinem dunkelblauen Kleide, dessen spitze Schöße gegen die Fersen schlugen; unter dem schwarzledernen Helme, der seltsamlich gewölbt und mit einer Bürste eingefaßt war, blitzten seine dunklen Augen unruhig suchend umher, lachten bald hier-, drohten bald dorthin, während unter dem sorgfältig eingeschmierten und gepuderten Haare hervor die goldenen Ohrringe ebenso behend und unruhig zitterten und blinkten. Auf dem Rücken trug er den Sack von weiß und schwarz geflecktem Ziegenfell, nachlässig hängend, und auf dem Sacke stand eine kleine papierne Windmühle, welche, wenn ein Lüftchen ging oder der Mann im Marsche war, einen Mönch und eine Nonne herumtrieb, daß sie einen unanständigen Tanz aufführten. Das ganze Werklein stand schief ab vom Sacke in die Luft hinaus und war das Wahrzeichen des Soldaten Dümanet. Denn weil er es stets unversehrt und lustig drehend aus dem Feuer brachte, so verkündigte es seine gewandte, sichere und zierliche Fechtart. Mochte es bergauf und -nieder gehen beim Plänkeln oder zu Sturm und Angriff, immer wußte er mit aufrechter Haltung das Spielzeug durch das Getümmel zu tragen. Nur wenn der Regen es verdarb, machte er sich im nächsten Quartier ein neues. So hatte er schon einen Ludwig XVI. gehabt mit einer Marie Antoinette, welche, wenn der Windhaspel sich drehte, sich verbeugten und voreinander die Köpfe abnahmen und wieder aufsetzten; dann einen sitzenden Schuster, der mit dem Knieriemen den kleinen Dauphin durchwalkte und dabei die Zunge aus- und einschob. Doch merkwürdiger als das immer bewegte Windspiel war das Gesicht des Kriegers, das trotz seiner Jugend von Mühseligkeiten und Leidenschaften, von Ausschweifung und patriotischer Ruhmsucht gefurcht und gebleicht und von der Sonne der Feldzüge wieder gebräunt erschien. Er war schon als junges Bürschchen zu Paris hinter dem blutigen Schmierfinken Marat hergelaufen, hatte alle Greuel mitgemacht, und man sah es seinem Munde voll blendendweißer Zähne nicht an, daß er in den Septembertagen wörtlich ein volles Glas Menschenblut ausgetrunken hatte – zumal wenn er anmutig lächelte. Nur um die Augen zuckte es trotz der dort wohnenden Frechheit zuweilen unsicher und scheu, wenn die grauenvollen Mordbilder in seiner Erinnerung aufwachten. Gewöhnlich aber übergoß das Bewußtsein, der großen Nation anzugehören und die Republiken gründende Freiheit auf seinem Bajonett einherzutragen, das vielsagende Gesicht mit Heiterkeit.

In dies Gesicht schaute Jungfer Babette nun mit Staunen und Herzklopfen, wie jemand, der zum erstenmal das Meer sieht. Sie hatte bislang nur einfache, keine zusammengesetzten Gesichter gesehen und war mit dem hausbackenen Brote und mit dem Vaterland unzufrieden, angeblich aus Freiheitsliebe. Ihr Vater war ein kundiger Blechlackierer, der mit rastlosem Handgelenk und in die Luft gestrecktem kleinem Finger griechische Tempel auf Teebretter malte, fünf Säulen mit vier Strichen. Davon hatte er auch den höheren Schwung bekommen und seinem Kinde mitgeteilt; er war jetzo der erste freie Wortführer des Städtleins. Da man sich zuallererst nach drei Farben umgetan hatte (denn die Posamenter, Färber und Lackierer waren die Lykurge und Solone der neuen Republiken, welche Frankreich säete wie Rettige), so schwamm der Bürger Zulauf in seinem Element, indem seine Kunst nun im Patriotismus aufging. Er lackierte unzählige blecherne Kokarden in Grün, Rot und Gold, den erwählten helvetischen Farben, und verhandelte sie in der unteilbaren Republik herum gegen Barzahlung oder hinreichende Sicherstellung. Alle Fensterbretter seines Häusleins waren mit frisch gemalten und lackierten Kokarden besetzt, reihenweise, damit sie trockneten. Auch den großen blechernen Hut auf dem Freiheitsbaume hatte er lackiert samt den drei Federn, welche, aus Blech geschnitten, darauf prangten. Der Baum war zwar schon seit Monaten errichtet, seit die letzte Tagsatzung zu Aarau auseinandergegangen war, nachdem sie vergeblich den alten Bundesschwur erneuert. Damals hätte ein festlicher Tanz um den Baum stattfinden sollen; allein als eben der französische Agent, der das Fest leitete, mit dem Bürger Zulauf und seiner Tochter Hand in Hand zum Reihen antreten wollte, fuhr ein unfreundlicher Wintersturm mit dichtem Schneewirbel über das Städtchen her, und zugleich stürmte ein langer Reiter im roten Mantel und mit grimmig höhnischen Blicken durch das Tor, der Standesreuter von Schwyz, welcher der altmodischen Gesandtschaftskutsche voranritt. Hierauf trabte ein gelb und schwarzer Langmantel mit seiner Kutsche, der Weibel von Uri, und zuletzt der weiß und rote Unterwaldner vorbei. Es waren die heimkehrenden Gesandten der Urkantone, welche finster und entschlossen zu ihrem Volke eilten und mit kaltem Stolze aus ihren Wagen blickten. Der ganze Zug war im andern Tor schon wieder verschwunden wie ein Traum; aber dennoch stoben die tanzlustigen Bürger, das Schneegestöber zum Vorwande nehmend, auseinander, indem der altgewohnte Respekt vor den strengen Eidgenossen ihnen einen plötzlichen Schreck in die Glieder jagte.

So war der Baum der Freiheit ungeweiht geblieben bis heute, wo nun die Ankunft der Befreier, der Neufranken, die schönste Gelegenheit gab, das Versäumte nachzuholen. Darum hatte Babette die alte Landestracht, welche sonst in diesem Städtchen getragen wurde, abgelegt und sich zum erstenmal französisch gekleidet zu Ehren der Befreier. Sie trug ein durchsichtiges weißes Kleid, welches den Hals sehr frei ließ, und eine rosenrote Schärpe, nebst roten Schuhen, die fast wie Sandalen aussahen und mit roten Bändern kreuzweise an den Füßen befestigt waren. Das Haar war in krause Locken entfesselt, die ihr über Stirn und Schultern herabfielen, und da sie ein feines Gesicht und große ausdrucksvoll scheinende Augen darin hatte, so sah sie beinah einer Muse gleich. Freilich ahnte sie nicht, wie sie so unter der Haustüre in der Sonne stand, daß im Hintergäßchen ein alter Bauer durch den dunklen Flur guckte und, als er durch ihr beleuchtetes Gewand hindurch den ganzen Umriß ihres Körpers sah, kopfschüttelnd und voll Abscheu aus der Stadt eilte, um klagend und fluchend auf den Dörfern den Heidengreuel zu erzählen, der da ins Land gebrochen sei. Babette aber hielt ein altmodisches, mit verblichenen Bandschleifen verziertes Körbchen in der Hand, welches noch aus der Schäferzeit herstammte, und dasselbe war mit den Quartierbillets angefüllt, je für eine Kompagnie in einen Büschel gebunden mit dreifarbigem Bändchen. So hatte sie es mit ihrem Vater ausgesonnen: nachdem er die Bewillkommungsrede namens der befreiten Stadt an die Franzosen gehalten, sollte er die Tochter aufführen und diese die gastfreundlichen Zettel eigenhändig an die Soldaten austeilen oder wenigstens an die Fouriere. Der Bürger hielt also seine begeisterte Rede, auf dem Rande des Brunnentroges stehend, und wies öfter auf einen steinernen Winkelried, welcher auf der Säule mit seinen sternlosen Augen über die Menge hinwegsah. Man verstand aber nichts von der Rede, weil die Soldaten, ohne darauf zu achten, schwatzten und schäkerten; nur der Kommandant hörte stolz und ruhig zu, wie sein siegreiches Heer gepriesen und ihm demütig versprochen wurde, daß man nun auch wieder tapfer und freiheitliebend werden wolle bei so gutem Beispiel und so erhabener Lehre, damit in kurzem die Enkel Winkelrieds und Tells diese vielleicht sogar übertreffen würden.

Hierauf sprang Bürger Zulauf herunter vom Trog und ihm nach die lange messingene Säbelscheide, die er trug, mit großem Gerassel, während der dreifarbige Federbusch auf seinem gewaltigen Bogenhut erschwankte; denn er trug die ungefähre Tracht eines

Senators, obgleich er noch nicht in den Räten saß. Seine hohe Halsbinde über das Kinn heraufziehend, den Säbel stattlich unter den Arm nehmend, holte er nun seine Tochter ab, gab ihr den Arm und führte sie vorerst vor den Kommandanten, während der Soldat Dümanet auf den Wink des nächststehenden Offiziers sich als Ehrenbegleit hinten anschloß. Nachdem Babette wiederum mittelst einer kleinen Rede dem lächelnden Kriegsmann als der Genius der Gastfreundschaft dargestellt worden, ging sie, hocherrötend vor Begeisterung, am Arme ihres Vaters die Reihen der wetterbraunen, frechblickenden Männer entlang, unter welchen viele Verbrecher und ehemalige Sträflinge standen, und überreichte denselben jeweilig die zierlichen Bündel aus ihrem Körbchen. Hinterdrein spazierte gemächlich Peter Dümanet, das Gewehr im Arm, und auf seinem Rücken tanzte, da eben ein frischer Luftzug ging, der Mönch lustig mit seiner Nonne, so daß das Bataillon im Verein mit dem gaffenden Volke fröhlich in gemeinsames Gelächter ausbrach.

Babette ward aber nichts davon gewahr; denn ihre Aufmerksamkeit war ganz von dem Gedanken eingenommen, welchen Franzosen sie selbst ins Haus wählen wolle. Erst hatte sie immer von einem oder zwei ritterlichen Offizieren geträumt, wovon aber der Vater nichts wissen wollte, der vielmehr sämtliche Offiziere nebst genügsamer Mannschaft einigen Aristokraten zugeteilt und sich selbst mit einem bescheidenen Soldaten bedacht hatte. So trug sie denn das Quartierbillet desselben besonders in der Hand verborgen, um es gelegentlich demjenigen Kriegsmann zu überreichen, der ihr am besten gefallen würde. Gleich als sie den seltsamen Peter gesehen hatte, war ihre Wahl entschieden durch das Dämonische in seiner Erscheinung; und als sie nun am Ende der Soldatenreihe angekommen war, von wo sie ausgegangen, suchte sie mit ihren Augen etwas zaghaft den schönen Franzosen, ohne ihn zu finden. Sie drehte sich um und um, – siehe, da stand er dicht hinter ihr, den Blick auf ihre schlanke Gestalt geheftet, und präsentierte halb zum Spaß, halb aus Galanterie das Gewehr, als sie ihm schüchtern zu Boden sehend den gastfreundlichen Zettel anbot. »C'est ça Dumanet! Vive la citoyenne!« riefen die Soldaten mit neuem Lachen, und während die ganze Schar sich auflöste und von den Kindern und Gaffern sich in die Quartiere führen ließ, tänzelte Babette beglückt am Arme ihres neuen Ritters in ihr Haus, gefolgt von ihrem Papa, welcher sich den Schweiß seiner Taten von der Stirne wischte und derweil den Boden mit seinem helvetischen Federbusch fegte, da er den Hut in der Hand trug. Den kleinen Zug aber schloß der gute Waisenschreiber Beni Schädelein, der schon seit fünf Jahren Babettens Bräutigam war, ohne daß sie sich entschließen konnte, ihn zu heiraten oder ihn fahrenzulassen. Dieser konnte jetzt seine eigene Verwaistheit aufschreiben, da er in der ihm wohlbekannten Stube an den Wänden schlich, ohne daß jemand sich um ihn bekümmerte. Denn vor allem mußte nun der Franzmann gespeist und getränkt, gehegt und gepflegt werden; alles, was das Gerücht von ihm als seine Liebhaberei bezeichnet hatte, wurde ängstlich hervorgesucht und bereitet. Mit doppeltem Eifer und großer Schlauheit tat man dies, die vorläufige Kenntnis preisend, da die Gegenstände durchaus nicht kostspielig waren: ein leckeres Omelettchen, ein Salätchen, ein Schälchen Kaffee, ein Gläschen Kirschgeist, das war leichtlich zu erschwingen und stellte mehr vor, als es wert war, wenn es im saubern Geschirr aufgetragen wurde. Doch schloß sich der Soldat hilfreich und freundlich den Zubereitungen an, meinend, ob nicht auch ein wohlgeschmortes Stückchen Fleisch und ein Gläschen Wein dienlich wären, und lud, als auch dies hinzugefügt war, seine Wirte freundschaftlich zur Mahlzeit ein und unterhielt sie vortrefflich, bis nun endlich der Tanz um den Freiheitsbaum gefeiert werden sollte.

Die Klänge der Musik, das erneute Geläufe auf der Gasse verkündigte die große Stunde; ja, als Dümanet mit seiner Wirtin ans Fenster trat, sah man schon ein Dutzend Soldaten, jeder mit zwei Frauenzimmern am Arme, dem Platze zuschreiten. Diese Damen, überrascht durch Babettens Aufzug, hatten in aller Schnelligkeit sich ebenfalls etwas umgewandelt; die eine trug zu der alten Landestracht einen französischen Hut, die andere einen alten Pompadour am Arm, die dritte eine verschossene Mantille um die Schultern, so daß ein Fastnachtsvergnügen im Anzug schien. Einige andere Soldaten kamen an der Hand begeisterter Bürger und mit entsagungsvollem Gesichte, da sie diesen läppischen Tanz schon genugsam gefeiert auf Befehl ihrer Vorgesetzten. Offiziere waren gar nicht dabei; die hatten bereits auf den Schlachtfeldern den Tanz um den Marschallstab begonnen und kümmerten sich den Teufel um die dürre Stange mit dem blechernen Hut, sobald sie aufgerichtet war zum Zeichen der Unterwerfung.

Peter Dümanet aber, der jetzt mit Babetten aufzog, war noch mit ganzer Seele dabei und hielt sich alles Ernstes für einen Vorkämpfer der einen und wahren Völkerfreiheit, weil das Blut, das er in den Septembertagen zu Paris hatte vergießen helfen, nächtlich seine Ruhe störte, sein Gewissen beklemmte und ihn zwang, bei der Stange zu bleiben, wenn er sich nicht selbst verabscheuen sollte, was nicht seine Sache war. Also ging denn der Tanz los: die ganze Gesellschaft faßte sich bei den Händen, bildete einen Ring um den Baum und schob sich dergestalt einigemal nach dieser und einigemal nach jener Seite herum, Weiber, Soldaten, Bürger und Kinder, je ein Weib zwischen zwei Franzosen; sogar der Waisenschreiber, welcher Babettens Hand hatte ergreifen wollen, wurde von einem Soldaten so höflich weggedrängt und zwischen zwei Kinder gestellt, über welche er mit seiner langen Figur in seinem grauen Rockelor verdrießlich emporragte. Bürger Zulauf mit seinem Federstrauß tanzte zwischen dem ehrgeizigen revolutionären Pfarrhelfer und dem Nachtwächter. Nur die Franzosen wußten einige zierliche Sprünge und Schritte zu machen; die Eingebornen hingegen, Weiber wie Männer, warfen lediglich die Füße hinten auf, wie die Füllen auf der Weide, daß man die ganzen Schuhsohlen sah, und dazu baumelten die Frackschöße, die Ritiküls, die Haarzöpfe und Zulaufs Säbelscheide, die er nicht einen Augenblick ablegte, alle wie toll, während die Carmagnole und Ça ira gesungen wurde. Doch nur die Soldaten sangen deutlich, die Deutschen schrien in unartikulierten Tönen, bis sie etwa ein Wort der Befreier erwischten. Zum Schlusse fiel sich alles durcheinander in die Arme und gab sich den Bruderkuß, wobei wunderlicherweise die guten Bürger der Stadt sich immer selbst zu küssen bekamen und weder eines Franzosen, noch einer Mitbürgerin habhaft werden konnten. Schädelein, der verwaiste Waisenschreiber, küßte traurig seine zwei Kinder, ging mit ihnen zur Seite und kaufte ihnen einen Wecken, da es arme Gassenkinder waren.

Während solchermaßen die neue Freiheit eingeweiht wurde, hauste der Kommandierende der Truppen mit einigen Offizieren im Rathaus und auf dem alten Schloßturm, der wettergrau über den Häusern des Marktes stand. Nachdem die elf Kanonen der Stadt schon mit Beschlag belegt und zum Wegführen bereit waren, verwandelten sich die besagten Herren trotz ihrer Unwissenheit in sehr gewandte Altertumsforscher und packten in jenen alten Gebäuden alle Gegenstände, denen sie irgendeine Ehre und eine namhafte Bedeutung anrochen, in starke Kisten, um sie schleunig nach Paris zu schicken. Obgleich sie weder neues noch altes Deutsch lesen konnten, wußten sie schnell die Pergamente zu finden, die mit den alten Freiheiten und Ordnungen der Stadt, mit uraltem deutschem Rechte beschrieben waren, sowie eine dicke Chronik von mehreren Jahrhunderten und einen Kasten voll lateinischer Kauf- und Schenkungsbriefe, den sie auf alle Fälle mitlaufen ließen. Einem unscheinbaren, wurmstichigen Stecken sahen sie es auf der Stelle an, daß es ein Gerichtsstab war, der seit acht Jahrhunderten in dem Turme aufbewahrt wurde, sowie seinem Gefährten, einem alemannischen Grafschaftsschwerte. Einige Dutzend alte Schlachtschwerter, Harnische und Hellebarden wurden als gute Beute erklärt und hängen heute noch im Musee d'artillerie zu Paris, wogegen es zweifelhaft ist, wo die silbernen Ehrenbecher der Stadt geblieben, deren altertümliche und kunstreiche Arbeit von den einpackenden Herren sichtlich belobt wurde. Als man das alte Stadtbanner, das in allen Schlachten der Eidgenossen mitgeweht, einwickelte, traten dem letzten Bannermeister der Stadt, der dabeistand, die Tränen in die Augen; doch er überwand sich und verriet mit keiner Bewegung den Wert der Fahne. Tief in der Nacht schlich er wieder zu der Kiste, auf die Gefahr hin, erschossen zu werden, zog in der Nähe der französischen Schildwachen das Banner leise mit mühevoller Vorsicht hervor, riß es von der Stange und steckte diese wieder unter die übrigen Waffen, welche dann glücklicherweise nicht wieder ausgepackt wurden. So beseelte das zerschlissene Tuch seinen letzten Träger mit der alten Ehre, mitten in der Verlorenheit und Verwirrung.

Es war freilich am Ende alter Plunder, welchen die Franzosen einpackten und fortschickten, und nicht alles kann ewig dauern. Wie der einzelne Mensch zuweilen zu seinem Wohlsein den Wust alter Papiere beseitigt, der ihn beengt, so ist das Unglück für das Gemeinwesen nicht allzu groß, wenn da oder dort ein stickluftiges Archiv abbrennt; Licht und Geräumigkeit sind zuletzt die Hauptsache zu gesunder Bewegung. Allein es ist ein Unterschied, ob der Mann sich seines zu lang gewordenen Barthaares selbst entledigt, oder ob es ihm ein anderer mit tückischer Gewalt aus dem Gesichte reißt.

Das Bataillon marschierte nach kurzer Zeit wieder weg bis auf die Kompagnie, zu welcher Peter Dümanet gehörte. Er wurde ganz heimisch in der guten Stadt und half dieselbe wacker regieren. Da er ein politischer Charakter in seinem Bataillon, ein erfahrner Antreiber und großer Redner war, wurde er von den Pariser Kommissären vielfach als Anschicksmann und Aufwiegler gebraucht, wenn die unterworfenen Freiheitsgenossen wegen des hereinbrechenden Elendes und der fremden Säbelherrschaft verblüfft und schwierig wurden; und er leistete um so bessere Dienste, als er aufrichtig an die Aufgabe seiner Nation glaubte und für die französische Republik schon frühzeitig sein Leben eingesetzt hatte und jederzeit einzusetzen bereit war. Ebenso bereitwillig wagte er es für die Republiken, welche er mit seinem Bajonett nach gallisch-romanischem Zuschnitt anderwärts pflanzen half. Mit wilder Leidenschaft verfolgte er alle Widerhaarigen. Er strebte nicht nach Rang und Auszeichnung, sondern wollte der einfache Volkssoldat der Republik bleiben, worin er durchaus nicht behindert, vielmehr um so brauchbarer befunden wurde. Erfahren und bewandert, wie er war, in der Revolutionsgeschichte, soweit sie auf den Straßen spielte, unterrichtete und lenkte er den angehenden Senator Zulauf, der sein aufmerksamer und andächtiger Schüler war und eine Menge schreckhafter Phrasen und Wendungen einübte, bei deren Klang er sich erst recht aufdonnerte und seinen Säbel erklirren ließ. Dafür wurde der Franzose wiederum Babettens Schüler, welche ihm die Gründung des Schweizerbundes und die Geschichte seiner Helden erklären mußte, weil die altrömischen Redensarten, die er im Pariser Konvent gehört – von Brutus dem ältern und dem jüngern, von den Gracchen, von Regulus und Cincinnatus und dergleichen – in der Schweiz mit deren eigener landüblichen Freiheitsterminologie vertauscht werden mußten, um die Bauern und Bürger zu belehren und aufzustacheln. Babette erzählte ihm also von den tyrannischen Vögten, von den drei Männern im Grütli, von Tell und Winkelried und den großen Freiheitsschlachten, wie alle diese Dinge sich in ihrem Köpfchen abspiegelten; dieses Spiegelbild verbesserte Dümanet wiederum mit mannigfacher Einrede und Belehrung, so daß aus dem schäferlich-romantischen Weiberhirn und der politischen Phantasie des Franzosen eine Reihe von seltsamen Helden hervorging mit eleganter Schäfergestalt und stattlichen Räuberköpfen darauf, angetan mit Schärpen und Federn. Diese Unterrichtsstunden dünkten der begeisterten Bürgerin die Höhe ihres Lebens, nach der sie sich schon lange gesehnt; sie genoß dieselben mit der glückseligen Genugtuung, ihre Neigung zu schöner Männlichkeit mit der Freiheitsliebe und mit ihrer »politischen Ader« vereinigen zu können, wie es dem freien Weibe gezieme. Wenn Dümanet mit finster glühendem Auge, mit vom Gewissen gepreßter Stimme behauptete, der Keim der nachherigen Verknechtung der Schweizer schlummere schon in dem Umstande, daß sie die vertriebenen Vögte nicht getötet hätten samt ihrer ganzen Sippschaft, so sah sie mit staunender Verehrung zu dem hübschen interessanten Fanatiker empor.

Aber ihr Glück war nicht ohne wechselnde leidenschaftliche Bewegung; denn wenn der dämonische Kriegsmann gleich darauf sich eine alte rotgewürfelte Bettgardine ausbat und sich nach der allgemeinen Sitte jener gewandten Soldaten daraus gar behend ein Paar weite Pantalons für den täglichen Gebrauch zuschnitt und nähte, so fühlte sie sich plötzlich wie von kaltem Wasser begossen und glaubte einen prahlerischen heimlichen Schneider zu entdecken, so daß sie kaum den Mut fand, den federstolzen Waisenschreiber, welcher verstohlen zu lächeln wagte, auf einige Tage aus ihrer Nähe zu verbannen; denn ihn ganz zu vertreiben hatte sie immer noch nicht den geeigneten Zeitpunkt gefunden, besonders da ihn der Franzose durchaus freundschaftlich und ohne Eifersucht behandelte, worin sie auch ein Zeichen innerer Größe und einen Gegenstand ihrer innigen Dankbarkeit entdeckte. Doch sobald Dümanet etwa die Erstürmung der Bastille, welche er als sechzehnjähriger Knabe mit bestanden, mit unverkennbarer Wahrheit beschrieb, oder wenn er die Kugelspuren an seinen Waffen, Kleidern und an seinen Armen nachwies, welche überdies mit tätowierten Dolchen, Jakobinermützen, durchbohrten Herzen und dergleichen Symbolen bedeckt waren - dann zerstreuten sich die Nebel des Zweifels, und die Sonne strahlte wieder in alter Glut, indem Babette den zitternden Finger auf die Narben und die merkwürdigen Zeichen legte. Als aber endlich Dümanet sich von ihr noch einen vom Pfeil durchschossenen Apfel auf den Arm punktieren ließ und ihr dafür auf den zierlichen weißen Arm eine phrygische Mütze einstach und beide Gebilde mit dem Pulver einer geleerten Patrone einrieb, da vermochte keine ungewohnte Sitte mehr den politischen Seelenbund zu erschüttern, und der ehrsame Schädelein wurde aufgefordert, sich ja alles das recht zu merken, damit er auch etwas lerne und sich zu einem Charakter heranbilde.

Als der Herbst nahte, nahm der artige politische Roman im Zulaufschen Hause ein vorläufiges Ende, weil die Kompagnie und mit ihr Peter Dümanet wieder ins Feld mußte, um den letzten Rest altfreier Landleute, die nicht von ihrem deutschen Recht lassen wollten, zu überwältigen und zu zwingen, die romanisch-gallische Einheitsverfassung zu beschwören, welche in Paris von politischdilettantischen Kehlabschneidern gemacht und den Schweizern aufgedrungen worden. Überall, wo demokratische Gemeinden nach selbstgeschaffenem und uraltem Gesetze glücklich gelebt, verabscheute das Volk die Herrschaft ausländischer Publizisten und neugebackener republikanischer Zwingherren und sperrte sich dagegen, wie wider ein ekelhaftes Gift. Wie in einem verzweifelten Traume, vom Albdrücken hervorgebracht, suchten sie von Landschaft zu Landschaft einander beizuspringen und zu helfen; aber ein Tal nach dem andern wurde durch List, Überredung und Androhung von Not und Elend übersponnen, bis der verhaßte Eid hier mit menschlicher Entsagung, mit mühselig überlegtem Nachgeben, dort mit verzweifeltem Gelächter, unter höhnischen Possen und Verdrehungen geleistet war, wozu insbesondere das Weglassen Gottes aus der Eidesformel die äußere Veranlassung gab; denn während die Machthaber das alte religiöse Rechtsmittel des Eidschwures auf die neuen Verhältnisse anwandten, hatten sie zugleich mit feiger Halbphilosophie den Hauptbestandteil desselben, die Berufung auf eine allwissende Vorsehung, daraus gestrichen, und das Volk mußte bloß rufen: »Wir schwören es!« ohne den Zusatz: »so wahr mir Gott helfe!« Das Volk aber kannte und fühlte besser die Form und den Inhalt dieser ehrwürdigen Einrichtung und fand sich durch die unlistige Halbheit beleidigt und gekränkt. Gar nicht oder nur zum Teil überzeugt, fügte es sich dem Rate und den Bitten der weltklügeren Angesehenen und dem Zwange der fremden Waffen, um das Feuer von seinen Hütten fernzuhalten.

Nur das grünschattige Nidwalden am tiefen Waldstättersee hielt zuallerletzt ganz allein an sich selber fest, verlassen sogar von seiner Zwillingshälfte Obwalden. Ein Völklein von kaum zehntausend Seelen, konnte und wollte es nicht glauben, daß es ohne die äußerste unbedingte Aufopferung von seiner halbtausendjährigen Selbstbestimmung lassen und in der Menschen Hand fallen solle, ohne vorher zu Boden geworfen zu sein im wörtlichsten Sinne. Alle Weltklugheit, alle Vernunftgründe für leibliche Erhaltung verschmähend, stellte es sich auf den ursprünglichen Boden reiner und großer Leidenschaft, nicht für eine Tagesmeinung, sondern für das Erbe der Väter, für Menschenwert so recht im einzelnen, von Mann zu Mann. Drei Dinge werden hauptsächlich geltend gemacht, um diese Erhebung von zweitausend waffenfähigen Männern gegenüber nicht nur der übrigen Schweiz, sondern der »großen Nation«, die soeben Europa besiegt hatte, zu verdammen: erstens die Hoffnung auf östreichische Hilfe, zweitens der religiöse Fanatismus und der Einfluß der Priester und drittens eben die gänzliche Hoffnungslosigkeit des Aufstandes. Allein was den ersten Vorwurf angeht, so trifft der Fluch nicht den, welcher den zweiten Fremden ins Land wünscht, sondern den, welcher den ersten hereingerufen hat. Was den zweiten Punkt anbelangt, war es Tatsache, daß die Franzosen, welche die Verfassung ins Land gesendet, ihre Kirchen geschlossen und die Priester vertrieben hatten; Grund genug, wenn man unparteiisch sein will, für die Zukunft Ähnliches zu fürchten. Dies Völkchen in seinem todesmutigen Entschlusse faßte eben alles zusammen: die geistliche und weltliche Existenz, wie sie ihm Ehrensache war. Das beste Sinnbild für diese Stimmung sind jene nidwaldenschen Jungfrauen, welche die Waffen und den Tod wählten, um Religion, Heimat, Freiheit und die persönliche jungfräuliche Ehre, alles wie einen einzigen Begriff, zu retten. Gegenüber diesem innern Ernste waren die paar fanatischen Pfaffen und die gebräuchliche katholische Ausdrucksweise unerheblich; die höhere Geistlichkeit suchte eher zu beruhigen, und jene Pfaffen, welche Volksmänner waren, ersetzten bei der aufgelösten Staatsordnung lediglich die Vorsteher. Was endlich die Hoffnungslosigkeit betrifft, so ist es gerade das Wahrzeichen und das Recht der höchsten Leidenschaft, für sie zu ringen wie für die sicherste Gewähr. Dies reine Vesta-Feuer haben die Nidwaldner durch ihre Tat gerettet und zu besserem Glücke aufbewahrt für alle Schweizer.

Als Peter Dümanet seine Feldrüstung umhing und die Flinte ergriff, um gegen das Volk zu marschieren, welches sich durchaus dem Glücke nicht fügen wollte, das er gebracht hatte, war er nicht gut auf diese Leute zu sprechen, von denen er freilich im Hause des Bürger Zulauf gar nichts Gutes gehört. Jedoch erhob ihn das Bewußtsein, abermals Freiheit und Menschenrecht bis in die innersten Täler und in die engsten Schlupfwinkel des gotischen Zeitalters zu tragen mit Hintansetzung seiner Ruhe und seines Lebens. Er nahm sich vor, recht gemessen und streng, aber dennoch menschlich und belehrend mit den armen Verblendeten zu verfahren. Kehrte er aber aus diesem letzten Kampfe zurück, so hielt er seine Pflicht als Weltbürger, insofern dieser zugleich Krieger ist, für getan; er sehnte sich nach Ruhe und bürgerlicher Tätigkeit und ließ in den Abschiedsworten durchblicken, daß er in der helvetischen Tochterrepublik, in dem patriotischen Städtlein sich niederzulassen und eine neue Heimat zu gründen wünsche, da er niemand mehr in Paris habe, der ihn näher angehe. In der Tat war seine Mutter auf dem Marsfelde vor den Kanonen der Nationalgarde und sein Vater, ein wilder Dachdecker, auf der Haupttreppe der Tuilerien unter dem Pelotonfeuer der Schweizer gefallen, welche dieselbe verteidigten. Von diesem Umstande ließ ihn, seit er in der Schweiz war, ein Zug von Großmut und Versöhnlichkeit nur wenig sprechen und ohne Rachegefühl; aber die Erinnerungen an die eigenen wahnsinnigen Bluttaten damit zusammen genommen machten ihm allerdings die Rückkehr nach Paris zuwider. Er mochte sich mit Babetten schon verständigt haben für eine dauernde Verbindung; denn sie errötete bei seiner Andeutung stark und litt den republikanischen Bruderkuß, welchen er ihr wie ihrem Vater gab, mit freundlichem Schweigen; ja sie vergoß heftige Tränen, als er endlich beim Trommelschlag abmarschierte, wiewohl ohne Windmühle auf dem Tornister, da er etwas ernster geworden schien. Doch faßte sie sich und gebot dem Waisenschreiber, sie eine Strecke weit neben den Soldaten hinzuführen; es war das erste Mal, daß Beni Schädelein des Armes seiner Braut wieder habhaft wurde, weshalb er sehr vergnügt nach dem Takte der Trommel mit Babetten dahinschritt, ziemlich weit. Im Freien trat Dümanet aus der Reihe und ging nochmals neben seinen Freunden; als er aber den Schreiber fragte, ob er nicht Lust habe, auch gegen die Nidwaldner auszuziehen und für die Freiheit zu fechten, erwiderte Schädelein mit großer Kühnheit: wenn er überhaupt fechten möchte, so würde er sich lieber gegen die Franzosen schlagen, und schwenkte, immer im Feldschritt, nach dieser stolzen Rede plötzlich ab mit seiner Geliebten, welche er, einmal tapfer geworden, festhielt und zwang, mitzumarschieren. Der Soldat sah ihn mit Verachtung an und trat in den Zug zurück, neugierig und frisch belebt von den Dingen, die seiner harrten in dem Gebirge, das er vor sich aus tiefblauer Dämmerung silbern hervorblitzen sah. Er war jetzt am Ufer des Vierwaldstättersees angekommen. Aus dessen Spiegel stieg in herbstlichem Duft und Glanz das Gebirge von Unterwalden empor, still wie ein Feiertag, und war dasselbe zur Stunde doch voll Empörung und Zurüstung zum Untergangskampfe. Nur ein paarmal wehte der Wind einen unheimlich anschwellenden Ton herüber; es war das Landhelmi oder das alte Heerhorn der Nidwaldner, welches die alte Kraft und Landesehre herbeirief und eben die kleine Abteilung Männer aus Schwyz begrüßte, die mit Gewalt von Brunnen her zugezogen kamen.

Wie dies Völkchen von wenigen tausend Seelen nun sechzig Jahre vor Erfindung der Napoleonischen Volksabstimmung über Staatshoheit, abgeschieden und verlassen von der ganzen übrigen Welt, vom eigenen weitern Vaterlande, seinen letzten Kampf um seine Selbstbestimmung stritt; wie es seine zweitausend Kämpfer in rührend kleinen Häufchen rings an die Schutzwehren des Ländchens, das noch keines Feindes Fuß betreten, hinstellte gegen die sechzehntausend Franzosen des General Schauenburg; wie es in zuverlässiger Kenntnis seiner Armut wie seines Reichtums jeden Mann karg abzählte, eine Abzahlung, die sich auch in einer Reihe von heldenmütigen Einzelkämpfen bewährte; wie das wohlgestaltete Geschlecht seiner Frauen den Streit und das Leiden in vollem Bewußtsein mit ertrug: alles dies erzählt die Geschichte. Hier wollen wir nur dem Schicksal des Freiheitsmannes Dümanet nachgehen, das seiner in diesem doppelsinnigen Freiheitskriege wartete, und zwar an den Felsenhängen des Bürgenberges, der seine Wälder zuvorderst aus dem tiefen See emporhebt.

Hoch am Bürgen stand ein kleines Haus von rötlichem Holz, ohne allen Zierat, aber von zierlichen, ja edlen Verhältnissen auf schneeweißem Sockel, und glitzerte mit seinen klaren runden Scheibchen freundlich und still hernieder. In jenen Septembertagen wohnte dort Aloisi Allweger, erst seit drei Tagen mit seinem Weibe, der schönen Klara, getraut im Drange des Aufruhrs und nach neunjährigem Harren und Lieben, obgleich er erst siebenundzwanzig Jahre, sie kaum vierundzwanzig zählte. Vor neun Jahren, in ebensolchen Herbsttagen, hatte der junge wilde Bursch beim Aufzuge eines Älplerfestes im Tale das sogenannte Wildmannli gespielt, das heißt ganz in grüne Tannreiser gehüllt mit einem ähnlichen Wildweibli seine Sprünge gemacht und in alten, durch gelegentliche Einfälle bereicherten Reimsprüchen ein Zwiegespräch geführt, in welchem die Untugenden und Schwächen beider Geschlechter gegenseitig ins Licht gesetzt wurden. Sei es nun, daß sein Gegenpart, das Wildweibli, oder der Gesell, welcher dasselbe vorstellte, gelasseneren Temperamentes war oder sonst nicht Lust verspürte, sein eigenes Geschlecht herunterzusetzen, genug, das Wildmannli behielt in dem derben Streite völlig die Oberhand und machte zum Ergötzen der dickarmigen und Tabak rauchenden Älpler, die behaglich unter ihrer Fahne des heiligen Wendelins standen, die Frauensleute fürchterlich herunter, welche Rücksichtslosigkeit mit seinem jugendlichen Gesichte und mit seinen hellblauen Augen, wie sie unter dem Tannreisig kindlich genug hervorleuchteten, in seltsamem Widerspruche stand.

Durch den Beifall der Männer einem unbedachten Übermut verfallend, wandte er sich, anstatt sich an sein Wildweib allein zu halten, zuletzt an die umherstehenden Frauen und begrüßte sie in seiner Unerfahrenheit mit allerhand weiteren Witzen und Beschuldigungen, bis er plötzlich vor ein fünfzehnjähriges Jungfräulein geriet, welches seinen mit roten und weißen Bändern durchflochtenen und mit einem reich verzierten Silberpfeil gewaffneten Haarschmuck verhängnisvoll schüttelte. Denn mit nassen Augen, voll Zorn und Erstaunen über solche Ungerechtigkeit, den jugendlichen Übeltäter unwillig mit der Hand abwehrend und doch ihn mit großen Augen messend, stand die junge Klara vom Bürgen da, also daß der Wildmann sogleich aus der Rolle fiel, das Mädchen voll Furcht und Zahmheit beschaute und sich ganz kleinlaut nicht zu helfen wußte. Er suchte sich stracks unter den Zuschauern zu verlieren, wurde aber unter allgemeinem Gelächter überall zurückgewiesen, mußte sich daher im offenen Ring aufhalten, verfolgt von dem bösen Wildweib, welches nun endlich auch in Fluß geriet und ihm, je mehr er den Kopf verlor, desto ärger denselben wusch. In höchster

Verlegenheit konnte er nicht umhin, sich von Zeit zu Zeit nach dem Mädchenkind umzusehen, und dieses verfolgte ihn unablässig zornig mit den Augen, aber die höchste Genugtuung empfindend, welche endlich in eine Art von Mitleid überzugehen schien, als sich das schöne Kind halb lächelnd wandte und davonging.

Seither mußte Aloisi Allweger sich besser darzustellen und die entrüstete Jungfrau aufzufinden gewußt haben; denn es entspann sich von da an das neunjährige treue Warten, indem Klara eine Waise war und unter der Obhut eines alten vetterlichen Bergmännchens, zwar später öfter begehrt, unbeweglich auf ihrem kleinen Gütchen auf dem Bürgen saß, während Aloisi, der kein Landmann von Nidwalden, sondern nach dem starren Rechte dieser Unbeweglichen nur ein ewiger Einsasse und blutarmer Gesell war, sich durch unverdrossene Gebirgshantierung und Gefahrübung aller Art ein kleines Besitztum zu erwerben suchte.

Gerade in den Tagen der einbrechenden Ereignisse war Klara volljährig und der kleine Sparschatz ihres Geliebten groß genug zur Gründung eines bescheidenen Hauswesens geworden. Unter dem Läuten der Sturmglocken, unter Trommel- und Horngetöse wurden sie von einem bewaffneten Priester getraut; die Hochzeitgäste trugen Büchsen und Flinten, aber keiner tat einen Schuß, um das Pulver für den bevorstehenden Streit zu sparen. Vor dem Hause Klaras, das nun auch Allwegers Heimat war, angekommen, eilte der Begleit, welcher nur aus Männern bestand, wieder den Berg hinunter, und der Bräutigam selbst betrat sein Haus nur wie ein Krieger, der nicht weiß, ob er eine zweite Nacht in der gleichen Herberge zubringen wird. Die Freudenschüsse, welche dem Paar zu Ehren abgefeuert wurden, waren die Granaten und glühenden Kugeln, so die Franzosen vorläufig über den See warfen und die am Fuße der Felsen erstarben.

Endlich brach der 9. September, der Tag des Unterganges, an. Es war ein Sonntag. Klara weckte ihren schlummernden Mann und hieß ihn, da er im Werkelgewande hinuntereilen wollte, sich schmücken zum vielleicht letzten Gang. Sie band ihm selbst die buntgestickten Kniebänder um die hohen weißen, über das knappe, kaum an der schlanken Seite haftende Beinkleid hinaufgezogenen Strümpfe, knüpfte ihm das scharlachrote Brusttuch zu und brachte ihm ein blendend weißes Hirtenhemd, das liebste Gewand dieser Leute, das sie selbst in der Kirche trugen und das sie ihm, das Kind der Berge, mühevoll aber sorgfältig und zierlich gemacht hatte. Sie kämmte ihm das lang in den Nacken fallende Haar glatt, und vorn an der Stirn, wo es kurz querüber geschnitten war, besserte sie unter heiteren Scherzen mit der Schere nach, so gut sie an dem hohen Gesellen, der sich durchaus nicht bücken wollte, hinaufreichen konnte, obgleich sie nicht klein gewachsen war. Dann legte sie selbst ihr bestes Gewand und all ihren ländlichen Schmuck an, um diesen Ehrentag im Feierkleide zu durchleben und durchleiden. Wie ein Reisegeld zählte sie dem Manne darauf die frisch gegossenen glänzenden Kugeln sorglich zu und füllte das Pulverhorn auf.

So traten sie vor ihre Hütte, schön wie die Natur umher, in welcher durch das Morgengrauen eben der Rigiberg und der Pilatus das erste Gold zurückwarfen. Sie gingen Hand in Hand, soweit es Zeit und Weg noch gestatteten, heiter, wie alle, denen sie begegneten und die desselben Weges gingen, da die Würfel geworfen waren und die Glocken im ganzen Land zur Tat stürmten. Als aber die ersten Kanonenschüsse donnerten, nah über den See her, fern hinter dem Berge, da trennten sie sich rasch; Aloisi eilte die steilen Hänge hinunter nach Kehrsiten, wo sein Platz am Gestade des Sees war; Klara stand und verschlang ihn mit den Augen, bis die wehenden Federn und Bänder an seinem Strohhut unter den Baumwipfeln unter ihr verschwanden; dann lauschte sie dem Aufruhr in der Tiefe und lief heftig weinend und hastig an den Herd zurück, ihn zu bewachen. Daß der Feind diese Höhen erreichen würde, dachte man indessen kaum.

Aloisi war im Hinuntersteigen ernst und seufzte vorübergehend; da guckte nun endlich, nach vielen Jahrhunderten, des Feindes Auge in das eigene Nest dieses Volkes, das so manchen Mann auf ferne Schlachtfelder ausgesandt, wo er nichts zu suchen hatte; da klopfte die Tyrannei in der Maske der Freiheit mit eiserner Hand an das Felsentor des Hirtenvolkes, welches sich Untertanen erobert und mit »freiem Handmehr« Vögte über dieselben gesetzt hatte, welche das Recht um Geld verkauften.

Aloisi ging zwar schuldlos in den Kampf; er hatte weder in fremden Kriegsdiensten gestanden, noch je für einen ungerechten Landvogt gestimmt an der Landsgemeinde; auch war er gerade kein großer Politiker, der sich in diesem Augenblicke müßigen Gedanken hingegeben hätte; es war vielmehr das allgemeine Gefühl menschlicher Schuld, welches jeden an diesem heißen Tage beschleichen mochte, sobald er einen Augenblick allein war, und den Schuldlosesten und Gewissenhaftesten vielleicht am stärksten. Die Schuldigen und in jenen alten Nationalsünden Verstockten fühlten sich am allerwenigsten irgendwie haftbar vor dem Völkergericht und betäubten von jeher ihr Gewissen mit den mythologischen Betäubungsmitteln. So sollte eben jetzt die Himmelskönigin in einem Stern über Unterwaiden hingefahren sein und dasselbe festgemacht haben gegen jede Übermacht.

Auf all den Schlachtfeldern der Schweiz, Italiens und anderwärts, wohin die Nidwaldner ihre Leute gesandt, hatten sie durch die Jahrhunderte bis zur Stunde noch nicht tausend Mann verloren, und fast jeder einzelne, der gefallen, war wohlbekannt gewesen und in den Jahrzeitbüchern verzeichnet. Heute verloren sie die größte Zahl, und das Tausend wurde voll; aber es fielen an diesem Morgen über zweitausend Franzosen, mehr als die Unterwaldner Streiter zählten.

Um Mittag war der Widerstand vorüber, die Männer schlugen sich fechtend durch, und die Franzosen, wütend über diesen Widerstand, begannen das bekannte Morden der Frauen, Greise, Kranken und Kinder und füllten das grünschattige Land mit Asche und Trümmern, die nach sechs Jahren noch zu sehen waren. Die Schanze zu Kehrsiten, in welcher Aloisi mit wenigen stand und sich mannhaft verteidigte, wurde zuletzt vom See und vom Lande her angegriffen; die Verteidiger zogen sich Schritt für Schritt den Bürgenberg hinan, trafen die anstürmenden Franzosen mit ihren Kugeln oder wälzten Wurzelstöcke und Felstrümmer auf sie hinunter. Allweger blieb einer von den Weitesten zurück, schlug sich von Mann zu Mann herum und wurde seitwärts in die Wälder verschlagen und von den Seinigen getrennt. Auch von anderen Seiten liefen Franzosen den Berg herauf, Weiber und Kinder vor sich her jagend, bis sie auf einzelne Männer stießen, deren Todesschläge ihre Wut wieder verdoppelten. Aloisi hatte seine Kugeln verschossen, seine Büchse zerschlagen und hielt nur noch das Eisenrohr in der Hand, während er aus mehreren Wunden blutete. Er sank ermattet in ein Gebüsch, raffte sich aber auf, als er die Luft von Wehgeschrei erfüllt hörte, und suchte den Weg zu seinem Weib und Haus zu gewinnen, um bei oder mit ihr zu sterben. Bald erkannte er auch den Wald- und Felsenpfad, welcher dahin führen mußte, und schwankte, auf seinen Büchsenlauf gestützt, darauf fort.

Da kam über einen Kreuzpfad her ein einzelner Franzose gelaufen, welches niemand als unser Peter Dümanet war, wie betrunken und seltsamer ausstaffiert als je. Er hatte anfänglich wohlmeinend das Land betreten und mit gemäßigter Fechtart diese Störrigen und Unwissenden zur Freiheit führen wollen. Bald aber, als er mit Tausenden, von wenigen Männern zurückgeschlagen, nur mit großem Verlust wieder vordringen konnte, als er selbst zu sechs und sieben vor einem einzelnen weichen mußte, als er an die zwanzig Jungfrauen zu Winkelried tot in einer Reihe liegen sah, auf ihren blutigen Sensen, drehte sich sein Verstand um, und er durchraste ohne Besinnung Tal und Höhen, so daß er sich verlor und am Bürgenberge verirrte. Sein Hut war mit geraubten Silberpfeilen aus den Haaren der Nidwaldnerinnen besteckt, sein Tornister mit abgeschnittenen Zöpfen, mit den roten oder weißen Bändern durchflochten, behangen, und um den Hals trug er eine Anzahl silberner Göllerketten. Mit einem Sprunge stürzte er sich auf den daherschwankenden Aloisi, setzte ihm das Bajonett auf die Brust und erklärte ihn zu seinem Gefangenen, der ihm den Weg über den Berg weisen solle; auch gab er ihm ein ziemlich schweres Säckchen zu tragen, welches er an seinem Säbelgriff hängen hatte. Aloisi gehorchte geduldig und ging vor ihm her, nachdem ihm der Franzose den Büchsenlauf genommen und weggeworfen hatte. Denn er überlegte sofort, daß er so am besten gleichzeitig mit dem Feind sein Haus erreiche. So mühte er sich denn ab, vor demselben herzugehen, wobei Dümanet ihn von Zeit zu Zeit mit dem Kolben sachte vorwärts stieß. In einem Hohlweg, der zwischen prächtigen Buchen hinführte, stießen sie auf einen toten Franzosen. Mit einem Fluche stieß Dümanet seinen Führer über die Leiche hinweg, als sie es nicht weit von da purpurrot durch das goldene Abendgrün der Buchen leuchten sahen. Auf dem grünen Sammet des Mooses gebettet, das den ganzen Pfad überzog, lag Allwegers Frau da mit erblaßtem Gesichte, von der niedergehenden Sonne überstrahlt. Ihr roter Rock, ihre roten Strümpfe zeichneten ihren schlanken Wuchs; ihr mit Seidenblumen reich gesticktes Brustkleid war von Bajonettstichen zerrissen und durchbohrt, gleich einem Rosengärtchen, das durchgepflügt worden ist; aber die mit blauen und roten Steinen besetzten Ketten und Spangen hingen noch darum, das Haar war noch fest geflochten und wie eben erst aufgebunden, der Pfeil, in dessen Glassteinen ebenfalls die Abendsonne blitzte, steckte noch darin, sie war also unberaubt und hatte sich wahrscheinlich gegen mehrere verteidigt, von denen der vorher tot Gefundene einer gewesen.

Aloisi erkannte seine Frau augenblicklich, wie sie am Eingange des Waldes hoch über dem See lag, der unten dämmerte, und im Angesicht der stillen Gebirge. Er zitterte bis in das innerste Leben hinein, aber er tat nicht, als ob er die Leiche sehe, und wollte vorüberschwanken. Doch der Franzose schrie: »Halt!« Er hatte eine neue Art von Trophäe entdeckt, die er noch nicht besaß, nämlich die Sonntagsschuhe der Klara, welche, sonst ziemlich fein, nach damaliger Sitte mit hohen eisernen Absätzen, sogenannten Tötzeli, versehen waren. Schnell streifte er sie der Toten von den Füßen und gab sie hastig dem armen Aloisi zu halten, um auch noch den übrigen Schmuck zu nehmen. Kaum aber hatte Aloisi Allweger die teuren Schuhe in der Hand, so durchströmte ihn seine letzte Kraft. Er faßte den Franzosen unversehens am Kragen, schlug ihm die Schuhe mit den eisernen Absätzen so gewaltig über das Haupt, daß er sofort zusammensank, und stieß ihn unverweilt über den Berg hinaus, daß er turmhoch mit all seinem Schnickschnack in den tiefen See fiel und ohne einen Laut untersank. Gleich darauf lag Aloisi bewußtlos über seiner toten Frau und wurde am andern Tage, als durch das Eintreffen Schauenburgs wieder einige Menschlichkeit herrschte, für tot gefunden. Er kam jedoch mit dem Leben davon und lebte, nach vielerlei Schicksalen, noch lange Jahre, aber in sich gekehrt und traurig.

Als einige Zeit nach diesen Ereignissen geschmückte Schiffe von Luzern herfuhren, welche die helvetischen Räte und ihre Herren, die französischen Ratgeber, herführten, um ein Freiheitsfest auf dem alten Rütli zu begehen, saß in einem der Schiffe auch Babette Zulauf, deren Vater inzwischen Senator geworden war, neben dem Waisenschreiber Schädelein, mit dem sie sich wieder näher verbunden hatte, da Peter Dümanet nicht zurückgekehrt. Sie war wunderherrlich aufgeputzt und drückte gerade an der Stelle, wo Peter in der Tiefe schlummerte, dem Waisenschreiber gerührt über die Schönheit der Natur und über die Herrlichkeit des Weihefestes die Hand, während ein französischer Unter-Agent ihr lächelnd ein Sträußchen von Alpenrosen an den Busen steckte.

Der Wahltag

Der achtzigjährige Friedensrichter Berghansli saß an einem schönen ersten Maisonntage lang und schlank, wie er geblieben war, hinter dem Tisch in stiller Stube und studierte etwas. Er hielt, da er schon einen ziemlichen Gang auf seinen hochgelegenen Matten gemacht, ein Stück Brot in der Hand und trank dazu ein Glas von seinem heitern Wein, der ruhig und kühl war, wie der Mann. Der war so lange schlank und munter geblieben, weil ihm nicht, wie den heutigen Spekulanten und Gelüstlern, kein Wein süß und feurig genug, kein Vergnügen zu teuer und kein Tag wechselvoll genug war.

Was der alte Berghansli studierte, war aber die Proklamation der Regierung, worin diese das gleichgültige Volk gar nötlich ansang, daß es doch seiner Bürgerpflicht genügen, sein Ehrenrecht gebrauchen und an den Erneuerungswahlen teilnehmen möchte, aus denen abermals ein Großer Rat hervorgehen und das Regiment neu bestellt werden sollte, und zwar am Nachmittage selbigen Maisonntages. Er las alle solche Kundmachungen von oben bis unten sehr aufmerksam und kritisch: wenn sie zu gefühlvoll waren, zu prahlerisch oder zu zierlich, so verzog er etwas spöttisch den Mund; waren sie aber zu trocken, zu amtlich, hölzern und ungesalzen, so ärgerte es ihn wiederum, und er meinte, da sei es kein Wunder, wenn alle Wärme und aller Glanz des öffentlichen Lebens dahingingen; kurz, es war schwer, es ihm recht zu machen.

Denn es war dem Berghansli bei diesen Dingen so feierlich zumute, als ob das Gewissen des Landes selbst redete, und da dünkte es ihn nicht gleichgültig, welche Sprache dasselbe führe. Heute schien er jedoch nicht übel zufrieden zu sein, und als drei wandernde Handwerksburschen zum Fenster hereingereist kamen, nämlich ein ganz neuer weißer Sommervogel, eine lose Apfelblüte und ein verdorrtes Baumblatt vom vorigen Jahr, welche alle drei sich auf die Wahlproklamation niederließen, da wurde er fast gerührt, und diese Boten des Lebens und Todes gemahnten den Berghansli an den ewigen Wechsel und die Vergänglichkeit irdischer Dinge. Er wunderte sich, daß das Gemeinwesen, welches jene Proklamation aussandte, in diesem Wechsel schon so lange bestand, an die fünfhundert Jahre, mit seinen zweihundert Ratsmännern; und in Betracht, daß auch diese fünfhundert Jahre, selbst wenn sie sich verdoppeln sollten, nur ein Augenblick seien gegenüber der Ewigkeit, nahm er sich vor, heute ebenfalls wieder und vielleicht zum letzten Mal zu den Wahlen zu gehen, um, soviel an ihm lag, den besagten Augenblick benutzen zu helfen und jederzeit seine Pflicht zu tun.

Der alte Berghansli hatte drei Enkel im Hause von einem verstorbenen Sohn, kräftige und hübsche Bursche, welche seinen ziemlich großen Gütergewerb fleißig bebauten und auch sonst zu allerlei nützen und unnützen Dingen pünktlich bei der Hand waren; nur in keine Gemeinds- und Kreisversammlungen waren sie zu bringen und fanden stets etwas zu tun, wenn eine solche im Anzug war. Heute aber wollte der Alte sie beim Zipfel nehmen und mit Gewalt hinführen, eh er von hinnen müßte; er guckte daher wie ein alter Falk aus dem Fenster über sein Ausgelände und in das Tal hinunter, um die Bursche zu erspähen, als sie eben hinter seinem Rücken in die Stube traten und riefen: »Großvater! wir gehen alle fort und kommen heute nicht zum Mittagessen!«

»So?« sagte der Alte. »Seid ihr so eifrig zu den Wahlen? Ihr werdet mich doch mitnehmen wollen, und wenn wir um zwölf Uhr weggehen, so kommen wir noch früh genug!«

Bei dem Worte Wahlen schüttelten jedoch alle drei die Köpfe, wie drei Esel, welchen man eine Bratwurst vorhält, da sie doch lieber Heu fräßen.

»Es wird in Thorlikon ein Schaf ausgekegelt«, sagte Heiri, der älteste, »und ich habe abgeredet, dabeizusein; es gibt einen großen Wettkampf zwischen den Thorli- und Narrlikonern.«

»Ich will an die Bubliker Kilbi gehen und ein Mädchen beschauen, von dem man mir gesagt hat. Es ist ja ausgemacht, daß ich heiraten soll«, sagte Jakobli, der zweite.

»Und ich«, fügte Peterli, der jüngste, hinzu, »will einmal sehen, ob ich den Hirzenwirt zu Bücheliberg antreffe, und ihm seinen Stutzer abkaufen. Er wird wohl daheim hocken, da heut die Wahlen sind.«

»So, so!« sagte der Alte. »Ihr habt ja alle zu tun, wie die Braut im Bad! Aber erst hört noch ein Wort an, von mir, eh ihr an euere Geschäfte geht.« Somit ging er über sein Wandschränklein, in dem er seine Papiersachen aufbewahrte, und nahm ein Bündelchen vergilbter Druckhefte hervor, mit einem alten weiß und blauen Schnürchen kreuzweis zusammengebunden und mit vielen Ohren und Brüchen versehen. Es waren alle Verfassungen, die der alte Mann seit 1798 beschworen hatte, gewissermaßen die Originalausgaben, wie sie ihrer Zeit als neugebacken dem Volke ausgeteilt wurden. Sie dünkten ihn, als er sie jetzt auseinanderlegte, wie abgedorrte Blätter vom Baum des Lebens, und er gedachte fast mit einem Seufzer seiner fernen, stürmischen Jugendzeit, des fremden Volkes, das er im Vaterland gesehen, des Unfuges, den er an den eigenen Mitbürgern mit erlebt, aber auch der fröhlichen Tage der Befriedigung, die noch immer auf den Unfug, und des neuen Lebens, das noch immer auf das Absterben gefolgt war.

»Seht«, sagte er, indem er die Verfassung der Helvetischen Republik zur Seite legte, »das ist die erste Verfassung, die ich beschworen habe; fabriziert aber ist sie in Paris worden und hat uns kein Glück gebracht. Die sie gemacht haben, wußten nicht, was Schweizer sind, und wenn sie es erraten hätten, so würden wir eben keine Schweizer mehr gewesen sein. Doch fort damit! Es gibt auch heut noch Leute genug, die immer Alpenrosen im Munde führen, aber nie gemerkt haben, was schweizerisches Recht und Freiheit eigentlich seien. Sie meinen eben, wenn man nur keinen König über sich habe, so sei der Schweizer fertig. Das ist freilich nun so das Gröbste von der Sache.

Hier ist die von Anno 1802, die sogenannte Mediationsakte. Das war schon ein besseres Werk und das beste, das wir bis zur heuen Zeit gehabt haben. Der Bonaparte hatte es gemacht und uns gegeben, und daher war es immerhin bitterlich für ein altes Kriegs- und Freiheitsvolk, wenn ein fremder Kaiser und Kriegsmann ihm das Gesetz machen mußte, das es selber nicht zuweg bringen konnte.

Das ist die von Anno 1814, das die Bundesverfassung von 1815; es ist Herrenzeug und zwar von kleinen Herren, die immer weniger über ihre Nase hinaussehen als die großen. Folgt die von Anno 1831, die ich eigentlich gesucht habe. Das ist die erste, die so recht unser eigenes Gewächs ist, drum hat sie auch schon bald dreißig Jahre hergehalten. Glaubt aber nicht, daß das ein sehr kühnliches und vollkommenes Werk ist oder war; vielmehr hat es einen ganz bescheidenen Anfang genommen. Seht, was ich da mit Bleistift durchgestrichen habe. Da hatte die Stadt Zürich noch einundsiebzig Mitglieder in den Großen Rat zu setzen, ohne einen andern Grund als denjenigen ihrer frühern Herrschaft. Nachdem wir diese bescheidentliche Form unserer Selbständigkeit sieben Jahre getragen, haben wir endlich Anno 1838 gewagt, ganz aus dem Hühnerkorb herauszugehen, und haben das Wahlrecht auf das ganze aufrechte Volk verlegt. Was geschieht? Nun geht je der zehnte Mann in die Wahlen, als ob die übrigen alle Falliten und Bestrafte wären, und dieser zehnte Mann macht ihnen so das Gesetz; das heißt sich freiwillig einer Bevogtigung unterziehen! Und dabei singt ihr, wenn ihr einen Schoppen im Leibe habt, mit euern neumodigen Fistelstimmen noch immer die schönsten Freiheitslieder! Habt ihr noch nie gesehen, wie einen gleichgültigen Mann, der an nichts in der Welt teilnehmen mochte, als was seinen Bauch anging, diese Teilnahmlosigkeit noch stets zur Selbstverachtung führte? Das heißt, um seine Laster, wie er meinte, zu beschönigen, sagte er zuletzt: Es ist eben mit allem nichts und mit mir auch nicht! Geradeso endet die träge Teilnahmlosigkeit eines Volkes immer mit der Mißachtung seiner Einrichtungen und mit dem Verluste seiner Freiheit. Überlaßt nur fünfzig Jahre lang die Bestimmung eures Schicksales einigen wenigen fleißigen Männchen, die nicht zu faul sind, in die Gemeinde zu laufen, so werden euch die schon eine Verfassung machen, welche euch der sauren Mühe des Lebens enthebt, ihr Nachtkappen, die ihr euch so davor scheut, als ob man euch in der Kirche die Nase abschneiden wollte!«

»Hoho!« sagte Heiri, »dann sind wir auch noch da! Solang ich aber mit der Sache, wie sie geht, zufrieden bin, so seh ich nicht ein, warum ich immer laufen soll, wenn der Statthalter pfeift; wenn es mir einmal nicht mehr gefällt, so werde ich schon gehen!« »So? Meinst du?« erwiderte der Alte. »Das ist freilich eine besondere Art, seine Befriedigung zu bezeugen, wenn man sich versteckt und stillehält wie eine erschrockene Maus. Wie sollen die, welche die Sache leiten, denn merken, daß sie es dir recht machen? Und wenn du mit einer Sache zufrieden bist, mußt du nicht trachten, daß sie Bestand habe und auf einen festen Grund gebaut sei? Der festeste Grund für ein Regiment ist aber die lebendige Teilnahme des Volkes. Ein Großrat, der von einer Kirche voll Bürger gewählt ist, hat ein ganz anderes Herz im Leibe als einer, den einige Dutzend Männlein gewählt haben. Er hat vor diesen gar keinen rechten Respekt und ärgert sich über ihre kleine Zahl, statt ihnen dankbar zu sein. Wie? Du bestellst zu jeder Jahreszeit, sei die Hoffnung groß oder gering, dein Feld, damit es nicht an dir liege, wenn es fehlen soll, und du bist zu faul, alle vier Jahre einmal den Acker des Landes bestellen zu helfen, damit es nicht an einem kräftigen Erdreich fehle, wenn etwas wachsen will? Du magst nicht eine Stunde lang in die Kirche gehen, weil du ein Schaf auskegeln mußt? Glaubst du, das werde auf die Dauer Ratsmänner mit Haaren auf den Zähnen geben, die von solchen Zufriedenheitsleuten nicht sowohl gewählt, als wählen gelassen worden sind?

Du pflügst und säest auf deinem Feld, ohne zu wissen, was du erntest, und doch bist du nicht verdrossen, es zu tun; da, wo du aber weißt, was du erntest, wo du dein Schicksal in der Hand hast, da scheust du dich zu säen und glaubst, es wachse dennoch. Zuletzt aber wird es nicht mehr wachsen oder wenigstens nicht, was dir gefällt.«

»Das ist alles recht«, sagte Heiri, »wenn es nur auf mich allein ankäme und wenn ein einzelner Mann die Wahlen machte!«

Der alte Berghansli zuckte die Achseln und erwiderte: »Das ist immer die Rede von deinesgleichen, und es ist eine falsche Bescheidenheit, die Zwillingsschwester deiner unechten Zufriedenheit. Wenn der Feind kommt, wenn Feuer ausbricht, wenn die Wasser austreten, so geht jeder ungeheißen, und keiner sagt, auf den einzelnen Mann komme es nicht an. Es ist eine Gedankenlosigkeit, wenn du glaubst, nicht so verhalte es sich mit der Ausübung stillerer Bürgerpflichten, wie die Wahlen zum Beispiel sind. Wenngleich unbemerkbar und langsam, so trägt im Gegenteil jeder einzelne Mann durch sein Wegbleiben zur allmählichen Abnahme des Allgemeinen bei, und jedenfalls möchte ich nicht immer mit Gewalt der sein, auf welchen nichts ankommt!

Und wie steht es mit dir, Meister Peterli, du willst einen Stutzer kaufen? Das scheint schon etwas Besseres, als ein Schaf auszukegeln! Aber ist es deine wirkliche Ausrede, oder hast du auch einen höhern oder tiefern Grund wie dein wackerer Zufriedenheitsbruder?«

»Ich könnte allerdings«, antwortete der Jüngste etwas trotzig und finster, »den Stutzer ebensogut an einem andern Tage kaufen, obgleich ich nicht gern in der Woche im Land herumlaufe. Aber ich will es nur gestehen, daß mich die Wahlen nicht viel kümmern!«

»Und warum nicht?« fragte der Alte.

»Weil«, sagte Peterli, »ich nicht so denke wie mein Bruder, sondern im Gegenteil unzufrieden bin, da alles am Schnürchen gezogen wird, wie jene Wiege, die eine listige Bauersfrau der Kuh an den Schwanz gebunden hat, damit das Kind einschlafe, während sie die Bohnen stecke!«

»Nun«, rief der Alte, »so geh hin, du Schwerenöter, und hau das Schnürchen ab!«

»Wie soll ich es abhauen?«

»Geh zu den Wahlen, ruf: hoho! hehe! mach Lärm und sag: Da fehlt's, dort fehlt's, der gefällt mir nicht, er hat dies und jenes getan oder nicht getan, den und den wollen wir wählen! Halte fest auf den, und wenn er nicht durchgeht, so unterziehst du dich bis zum nächsten Mal und hast deine Pflicht getan!«

»Das ist eben die Not«, sagte Peterli, »ich kenne niemand, dem ich stimmen könnte, es ist niemand um den Weg, es geht ja nichts vor, wobei man auf irgendeinen aufmerksam gemacht wird, es streckt keiner den Kopf hervor, der ein neues Gesicht hat –« »Der Ratssaal«, unterbrach der Alte ernst, »ist kein Schneiderladen, in dem immer neues Zeug ausgehängt zu sein braucht; die neuen Gesichter erweisen sich zuweilen als bloße Gesichter, an welche sich durchaus kein ehrwürdiger Schimmel der Zeit und Erfahrung ansetzen will. Wenn du aber niemand kennst, dem du deine Stimme geben kannst, wie willst du dazu kommen, einen kennenzulernen, wenn du allen öffentlichen Verhandlungen, sei es in Angelegenheiten der Gemeinde, des Kantons oder der Eidgenossenschaft aus dem Wege läufst? Nur dort kannst du hauptsächlich beobachten, wie sich der und jener benimmt, und du mußt ein sehr unzugänglicher Gesell sein, wenn nach Verlauf einiger Zeit nicht irgendein Mann den Eindruck auf dich macht, daß du ihn eher als einen andern im Rate sehen möchtest. Denn einen von den Vorhandenen wirst du am Ende wählen müssen, wenn du überhaupt willst vertreten sein, da du nicht wirst warten wollen, bis gerade in deinem Wahlkreis ein solcher Prophet aufsteht, wie du ihn in deinem Kopfe ausgedacht hast. Darin hast du recht, daß du denjenigen so gut als möglich kennenlernen möchtest, dem du stimmen sollst; dazu ist aber nötig, daß man selbst etwas Menschenkenntnis besitze und sich selbst auch Rechenschaft zu geben verstehe über das, worauf es ankommt.

Du bist Feldschütz; um so mehr sieh drauf, daß der Ratsmann, dem du deine Stimme gibst, auch eine Art Feldschütz sei, welcher auf unbestimmte Distanzen und ohne künstliche Vorrichtungen zu schießen versteht auf dem Platz, auf den er gestellt wird, das heißt, daß er sein eigenes Gewissen frei und frank in der Hand trage, wie du deinen Feldstutzer, und es angesichts der Ereignisse zu brauchen verstehe, kurz, daß er seinen Schuß selbst lade und ihn abgebe auf sein eigenes Mannesgewissen und nicht so in das verabredete Haufengewissen hinein, wo einer sich hinter dem andern versteckt und alle sich gegenseitig mit schreckbaren Reden Mut machen müssen.

Sieh zu, ob einer ein Urteil über die Dinge habe, eh er die Zeitung gelesen hat, und wenn es auch schlicht und kunstlos ist, oder ob immer nur nachher. Sieh auch zu, ob einer in allen Fällen mit seiner Meinung zum voraus fertig ist, eh er die andern gehört hat, und mit dem Vorsatz in die Beratung geht, auf nichts zu hören und keine Gründe auf sich wirken zu lassen; denn statt eines solchen könnte man ebensogut einen hölzernen Mann hinschicken.

Einem, den man nie einsam sieht, der nie eine freie Stunde für sich lebt und denkt, sondern der jeden müßigen Augenblick hinter den Karten zubringt, gib deine Stimme nicht, außer es wäre denn ein sehr kluger Mann; denn es gibt allerdings auch solche, welche in Gottes Namen einmal nicht allein sein können und immer etwas treiben müssen.

Einem, der bei jeder Gelegenheit mit allen Glocken läutet, seine Gegner im Großen Rat verächtlich und lächerlich macht und ihnen nachher lachend die Hand drückt, stimme beileibe nicht, denn ein solcher wird in den großen Dingen nie etwas ausrichten.

Stimme keinem, der um dich herumgeht wie die Katze um den heißen Brei, oder der dir ein Gesicht macht, als ob er dich fressen wolle, wenn du ihm nicht stimmst; und auch keinem, der dich fürchten würde, nachdem du ihn gewählt hast.

Einem, der lügt, und wenn es auch für die gute Sache wäre, gib niemals deine Stimme, und endlich auch keinem Weinfälscher oder Kartoffelbrenner.«

»Gut«, sagte Peterli, »da kann ich mich nur gleich auf die Beine machen, um alle diese Beobachtungen noch bis um zwei Uhr anzustellen!«

»Heute wirst du allerdings nicht mehr viel sehen können«, erwiderte der Großvater, »aber um so nötiger ist es, daß du den Anfang machst und gleich heute in die Versammlung gehst. Schon die Art, wie die Hervorragenden mit mehr oder weniger offenem Tone sprechen und wie sie dreinschauen, wird dir für den eint und andern einen günstigen oder ungünstigen Eindruck machen, welchen du nachher bei andern Versammlungen und Geschäften weiterverfolgen kannst. Wenn du zum Beispiel einen siehst, der ruhig und in sich gesammelt auf seinem Platze verharrt und das, was er etwa zu sagen hat, ohne Zögern und mit Sicherheit vorbringt, aber mit wohlwollendem Blicke, so wird er dir besser gefallen als vielleicht einer, der beständig umherläuft, von einem zum andern, sich geschäftig erweist, die Versammlung mit gierigen Habichtsblicken belauert und fortwährend wie von einem bösen innern Feuer verzehrt zu sein scheint; obgleich damit nicht gesagt ist, daß dieser nicht vielleicht eine ehrliche, wenn auch ehrgeizige Haut und jener ein durchtriebener und listiger Patron sein kann. Aber dein Instinkt für jenen kann dennoch der richtige sein, da die Selbstbeherrschung für einen Ratsmann eine Haupttugend ist und niemals ohne gute Früchte bleibt.

Doch wie steht es mit dir, Meister Jakob? Du scheinst mir den ernsthaftesten Abhaltungsgrund zu haben, da du eine Frau suchen willst. Aber könnte man nicht sagen, du würdest dazu ein besseres Recht erwerben, wenn du vorher deine Bürgerpflicht erfüllst? Denn wenn du Hausvater wirst, so bist du mit doppelten Banden an das öffentliche Wesen geknüpft, welches lediglich aus den gesamten Familien des Landes besteht und den Bestand derselben schützt.«

»Nun«, sagte der Brautschauer, »ich glaube, eine Frau könnte ich auch morgen und übermorgen noch bekommen. Aber offen gesagt, habe ich auch noch einen andern Grund, mich nicht stark um die Wahlen zu bekümmern, wenn etwas Besseres zu tun ist.«

»Und das wäre?«

»Ei«, fuhr Jakobli fort, »man hat mir gesagt und es scheint mir auch so, unser kantonales Wesen mit seinem Großen Rate habe nicht mehr viel zu bedeuten, alles dränge jetzt der Einheit zu, der Auflösung der Kantone in ein Ganzes, des Kleinen in das Große, und da muß ich gestehen, daß ich keine Freude habe, leeres Stroh dreschen zu helfen!«

»So?« rief der Alte, fast heftig auffahrend, »pfeifst du auch aus dem Loch? Was willst du mit deiner Schweiz ohne ihre alten und neuen Kantone? Eine ausgefressene Schüssel, ein leeres Faß würde sie sein, ein weggeworfener Bienenkorb ohne Waben, ein in ein Haferfeld, auf dem die Rosse weiden, umgearbeiteter Garten würde sie sein! Nein, er ist schön, der rote schweizerische Bundes- und Waffenrock, aber ein politischer Schmutzfink ist, wer nicht sein reinliches, selbstgewobenes Hemd ehrbaren Standeslebens darunter trägt; es ist stattlich, das rote Ehrenkleid der Helvetia mit dem Kreuz auf der Brust; aber höchst ehrbarlich und von gutem Herkommen zeugend sind die zweiundzwanzig schneeweißen Hemdchen, welche sie im Kasten hat, das zürcherische mit einem weiß und blauen Schildlein am Herzschlitz. Ohne Bund gibt es keine Eidgenossen, ohne Kantone keinen Bund, ohne Wetteifer im Großen und Guten keine Kantone: das ist der Steinschnitt im Gewölbe unseres Vaterlandes.

Daß aber unser Kanton in diesem Wetteifer rühmlich vorangehe, das hängt von dem Großen Rat ab, den wir heute zu wählen haben. Er soll eine Leuchte sein unter den Kantonen in Erfüllung der Bundespflicht wie in Verwaltung und Fortbildung seiner selbst, ein Erhalter der fruchtbringenden Mannigfaltigkeit unsers Schweizerlandes, und hoffentlich wird die Zeit bald kommen, wo die Kantone, von ihrer ersten Verblüffung, welche sie über dem lustigen Getümmel der neuen Bundeseinrichtung beschlich, sich erholend, von ihrem Vorschlagsrechte Gebrauch machen und in eidgenössisch-lebendiger Bewegung miteinander wetteifern.

Also jetzt nur aufgebrochen und mitgekommen, wer ein guter Eidgenosse und ein guter Zürcher ist, keines ohne das andere, die Hälfte davon wird nicht angenommen!«

Die drei Wahlscheuen getrauten sich nicht länger, dem Alten davonzuschleichen, sondern gingen willig mit ihm den Berg hinunter.

Der schöne Maientag und der frische Mut des Greisen weckten auch ihre Züricherherzen auf, und sie wurden noch auf dem Wege, nach Art aller Neubekehrten, so eifrig für die Sache, daß sie untereinander verabredeten, für diejenige Gemeinde, aus welcher verhältnismäßig die wenigsten Mannen werden gekommen sein, einen eigenen Übernamen zu erfinden und ihn derselben anzuhängen für die nächsten vier Jahre, bis sie von einer andern Gemeinde abgelöst sei.

Das Ergebnis der beendigten Wahlen war in diesem Kreise eine Art Mittelgut, hausbacken und gewöhnlich in der ruhigen Zeit, trotz einiger Änderungen, welche stattgefunden in Folge natürlichen »Hinschiedes« einiger Räte. In solchen Zeiten ist immer ein sanftes Gras nachgewachsen, das nun zunächst steht und zum Blühen kommt.

Da wurde gewählt ein sogenannter Zehenstrecker, das heißt ein Mann, auf den das Volk nicht aus freien Stücken verfallen, den es nicht »sehen« würde, wenn er sich nicht bei allen Wahlanlässen jedesmal auf die Zehen stellte, bettelnd und schreiend die Hand erhöbe, wie die Kinder unter dem Kirschbaum. Nachdem das Volk sich Jahrzehende lang erst nach dem Zehenstrecker gar nicht, dann etwas verwundert umgesehen, wird es endlich aufmerksam und gibt ihm versuchsweise und lächelnd die ersehnte Stelle. Denn er ist über seiner ewigen Bewerbung ein geriebener Gesell geworden, der einen anscheinend ordentlichen Geschäftsdunstkreis um sich her aufgeregt hat. Eine Million Projektchen und Vorschläge hat er gemacht und jedesmal an den Wahlen in Umlauf gesetzt. Ein Kanälchen hat er ausgeheckt, um die Gemeindepfeffermühle zu treiben, die Erzielung einer Ziege mit fünf Zitzen hat er erfunden und was dergleichen Dinge mehr sind, aus denen zwar nie etwas wurde, die er aber in hundert Versammlungen und Vereinen besprach, in der Presse künstlich angreifen ließ und nachher verteidigte. Er handhabt die verdeckte Selbstangreifung wie ein Meister und die Reklame wie ein Künstler.

Da er nur einen Grundsatz kennt, der lautet: Wer nicht für mich ist, der ist wider mich! so ist er je nach Umständen jedermanns Freund und jedermanns Feind. Diese Stellung weiß er dann immer für eine Parteistellung auszugeben, obgleich er politisch so leer ist wie eine taube Nuß.

Ein solcher Zehenstrecker also wurde gewählt; denn das Volk will zuweilen auch solche Käuze haben; es sorgt stets für die Mannigfaltigkeit und Vollzähligkeit der Gestalten auf seinem Schachbrette.

Ferner wurde gewählt, ebenfalls spät, ein Alter, der sich seit dreißig Jahren gegenüber jeder herrschenden Partei die »junge Schule« nannte, obschon er kein Härlein mehr auf dem von Vorurteilen des Alters vollgepfropften Schädel trug. Dieser wurde gewählt, weil er unter den Unmündigen und Frischkonfirmierten allerhand Schaden und Torheiten anrichtete und heimlich versprochen hatte, die jungen Schuljahre nunmehr abzuschließen und die Zeit der männlichen Reife anzutreten, wozu er jetzo in den schönsten Jahren stehe.

Auch wurde ein sogenannter Früh-Gemeinnütziger gewählt, das heißt einer, der schon vor seinem zwanzigsten Jahre den gemeinnützigen Gesellschaften der Gemeinde, des Bezirkes, des Landes und der Eidgenossenschaft angehört hatte und nun nach wiederum zwanzig Jahren durch seine vielfachen Missionen und Arbeiten einen ganz schätzbaren Vorrat von Kenntnissen und Erfahrungen erworben und ein brauchbarer Redner über alles war, welcher der Gegend wohl anstand.

Ein stiller Mann, welcher plötzlich eine Million geerbt, wurde sodann gewählt, da man ihn für Steuern und Geschenke fürchterlich zu schröpfen gedachte und hiefür in guter Laune erhalten wollte. Schon hatte er eine neue Feuerspritze, ein Kirchenfenster, eine Orgel, drei Kadettentrommeln und eine Gemeindefahne gestiftet und mehreres versprechen müssen.

Zum Schluß wurde ein noch stillerer Mann, ein bestandener Parlamentshecht erkürt, als Vogt über diesen ganzen parlamentarischen Nachwuchs, der denselben mit wenig Worten in Ordnung zu halten und zum Nutzen der löblichen Wählerschaft zu verwenden hatte.

Nach beendigter Wahlhandlung aber saßen die drei Brüder in einem Hinterstübchen des Wirtshauses zusammen und ermittelten nach ihren gemachten Erhebungen diejenige Gemeinde, welche am schlechtesten vertreten gewesen, um ihr den besagten Spitznamen zuzumessen und unter die Leute zu bringen. Die Brüder selbst waren zwar bei ihrem Mangel an Erfahrung in der Hast um ihre Stimmen gekommen, sie wußten kaum wie, und ihr gemeinschaftliches, krummgespitztes Bleistiftendchen hatte sich, von einem eigenen Wahlkobold beseelt, fast gegen den Willen der Schreibenden bewegt. Jeder verschwieg den beiden andern, daß er gar keine rechte Zufriedenheit an seiner Stimmgebung empfinde und sich für übertölpelt halte. Vielleicht gerade aus Ärger darüber war ihr Eifer nun groß, und sie saßen mächtig zu Gericht.

Es ergab sich, daß es die Bürger von Nebenheim waren, von welchen allein ein alter, halbtauber Ehegäumer sich auf dem Platze eingefunden. Jakob, der die Frau hatte besehen wollen und nun der Grimmigste war, eröffnete, nachdem die Namenfinder eine gute Weile fruchtlos gebrütet, seine Meinung dahin, daß »Nebenheimer« an sich ein guter Spitzname werden könne für solche, die überall danebenkommen; daß zwar der Titel des erschienenen Ehegäumers auch eine ironische Bezeichnung für alle diejenigen geben würde, welche so lässig ihres Rechtes warteten; daß aber endlich gerade die Anwendung des Namens der Nebenheimer auf alle trägen Bürger die empfindlichste und abschreckendste Strafe wäre, da gewiß künftig jede Ortschaft sich hüten würde, ihren erhabenen Namen einer solchen Gefahr auszusetzen.

Die zwei Beisitzer Jakobs, welche von allen den heutigen Verhandlungen ganz erschöpft waren, erklärten sich mit seinem Vorschlage einverstanden und übertrugen ihm auch, den vereinbarten Übernamen öffentlich zu verkünden »auf ihm geeignet scheinende Weise«, worauf sie sich stracks unter das junge Volk machten.

Inzwischen saß Vater Berghans in einer Laube vor dem Hause, neben dem offenen Fenster des Beratungsstübchens seiner Enkel, weitab vom Getümmel der Leute, und schaute über die blühenden Felder hinaus. Indem er so in den Sonnenschein blinzelte und dabei ein rötliches junges Dornzweigelchen im Munde hielt, erspähte er den alten Ehegäumer von Nebenheim, der, seinen turmartigen, schwarzlackierten Strohhut wie ein Staatsmann in der Hand tragend, würdig einherschritt, an der Seite eine schlanke Mädchengestalt. Die Art, wie dieselbe ihre natürliche Raschheit mäßigte und neben dem langsamen Gange des alten Mannes die unnatürlich keck ausholenden Schritte elastisch anhielt, gab einen gar anmutigen, beinahe feierlichen Anblick.

Berghansli erhob sich und winkte dem Paare, und es näherte sich bald der Laube, während das Mädchen vorsichtig einen schnellen Blick über den Platz warf aus ernsten braunen Augen.

Da man von dem alten Nebenheimer sagte, er wolle sich zu einer verheirateten Tochter zurückziehen und wünsche nun das gegenwärtige Mägdlein, das Kind einer andern, verstorbenen Tochter, das bisher bei ihm gelebt hatte, irgendwo wohl anzubringen, – da man nicht minder vom Berghansli wußte, daß er einen seiner Enkel, und zwar den Jakob, zu einer wackeren Verehelichung anhalte, um sein häusliches Wesen noch vor seinem Tode fortgesetzt zu sehen, so gewann dieses Zusammentreffen sehr den Anschein einer verabredeten Sache.

Wie dem auch sein mochte, so geschah es jetzt, daß Jakob gerade um die Ecke trat, um dem Großvater die Schlußnahme wegen des Spitznamens und deren Tragweite zu eröffnen, als auch der Nebenheimer mit der Jungfrau anlangte, welche die goldene Kette ihrer Vorfahrinnen wie ein Bürgermeister über den Spitzen und Stickereien ihres Sonntagsstaates und einen grünen spitzigen Roggenhalm gleich einem gestrengen Szepter in der Hand trug.

Jakob ließ den Mund, aus welchem er seine politische Mitteilung hatte wollen ertönen lassen, so lange offenstehen, daß die Fremde volle Zeit gewann, sich von ihrem Erröten zu erholen und dasjenige Benehmen innezuhalten, welches bei solchen sogenannten ersten Zusammenkünften als ersprießlich erscheint und weder etwas verdirbt noch vergibt.

Es war allerdings eine solche Zusammenkunft, wie sich immer deutlicher zeigte. Jakob hatte seine Frau auf einer Seite suchen wollen, die dem Alten nicht gefiel, und dieser die Sache ohne jenes Wissen auf den Wahltag angeordnet.

»Siehst du«, sagte er scherzweise, »du hast heute, glaub ich, eine Mädchenschau abhalten wollen, und nun bekommst du unverhofft noch die Allerschönste zu sehen!«

»Sie ist allerdings schön!« erwiderte Jakob immer noch verwundert, daß er diese Entdeckung noch nie gemacht, und ganz unbefangen.

Die Jungfrau aber wiegte ihren Roggenhalm und ließ seine Blattstreifen unverfänglich durch die Finger laufen; die Begebenheit endigte für heute damit, daß Berghansli und sein Enkel, nachdem die kleine Gesellschaft eine Erfrischung zu sich genommen, den Ehegäumer von Nebenheim und seine Enkelin eine gute Strecke Weges nach Hause geleiteten.

Auf dem Rückwege sagte Berghansli, indem er bei Sternenschein ungesehen etwas lächelte: »Wie steht's denn mit dem Spitznamen für die Nebenheimer, den ihr in der Stube ausgemacht habt? Hast du die Sache besorgt?«

Ganz verblüfft antwortete der Junge: »Diese Teufelei hab ich bei Gott ganz vergessen! Allein - nun haben wir da die Bekanntschaft der guten Leute gemacht; ich glaube, das Mädchen würde mich dauern, auch ist ja ihr Großvater der einzige, der gekommen ist!«

»Es ist mir recht«, sagte der Alte ernster, »wenn dir das Mädchen gefällt und ihr einig werden könnt. Wenn die Sache mit dem Spitznamen aber nicht eine Torheit gewesen wäre, da dergleichen nie etwas nützt, so würde ich doch sagen, es soll das erste und letzte Mal sein, daß du wegen eines Weibsbildes eine politische Tathandlung änderst oder unterlassest. Siehst du, Meister Jakob, so kommt es, wenn man von der Kälte in die hitzigen Anläufe hineinfällt. Immer gleich und stets geübt, das macht den Mann!«

Parabel

Einer ging an den See des Lebens, um nach Menschen zu angeln; aber er fing nichts. Da kam ein Unbekannter und sagte: Wenn du Menschen fischen willst, so mußt du dein Herz an die Angel stecken, dann beißen sie an! Jener folgte dem Rat, und sogleich schnappten sie unten nach dem Köder, rissen ihn von der Angel und fuhren damit in die Tiefe. Da war der Fischer betrübt. Allein bald wurde es ihm so leicht zumut, daß er auf die wilde See hinausfuhr und die Menschenfische zu Tausenden mit dem Netze fing, und er war nun ihr Herr und schlug sie auf die Köpfe. Und der ihm den Rat gegeben hatte, war der Teufel.

Eine Nacht auf dem Uto

Durch dornichtes Gesträuch und über steiles Gestein wand ich mich an der schwarzen Felswand den krummen Pfad hinauf, den Gipfel des alten, finstern Berges erstrebend. Furchtsam in meiner menschlichen Kleinheit blickte ich an wilden, himmelstürmenden Felsen umher und suchte ihr weltaltes einsam in die Lüfte ragendes Haupt; aber mein Blick ward irre ob der Größe, ob der düstern Majestät, ich schlug ihn nieder und wandte ihn seitwärts hinab; da gähnt' ihm der schwarze Abgrund entgegen, der an des Pfades Seite sich hinabwirft. Ein fernes, unbestimmtes Tosen tönte aus der Tiefe zu mir herauf, vom Rauschen eines tobenden Waldstromes oder vom Sausen des schwarzen Tannenhorstes, in dessen verwitterten Wipfeln mein Auge tief unten sich verlor. Aber mir schwindelte, und ich mußte mich an der nächsten nackten Fichtenwurzel halten, um nicht hinabzustürzen in diesen grausigen Schlund. Ich klomm weiter und erreichte unter stetem Staunen und Starren das Ende des Weges; noch um die abgerissene Felsensäule herum, und ich war auf dem Gipfel des Berges. – Da stand ich allein in der Ungeheuern Höhe auf der öden Fläche. Nur ein Kranz nackter, uralter Fichtenstämme, die seit Jahrhunderten schon stumme, einsame Versammlung hier hielten, war Zeuge des abwechselnden Entzückens, Staunens und Bewunderns, das sich meiner hier bemächtigte; denn eben ging am fernsten Ringe der Gefilde die Sonne unter. Noch ruhte sie auf dem letzten silbernen Punkte, der am Rande des Horizontes von dem Flusse sichtbar war, dessen Krümmungen, allmählich wachsend, bald hinter Wäldern und Hügeln verschwindend, bald wieder lieblich hervorschimmernd, dem Auge sich näherten, bis sie in graugrünen Fluten am Fuße meines Berges daherwallten, sich durch drückende Felsen und waldichtes Ufer wälzend um den schwarzen, tausendjährigen Turm, die Wohnung eines nächtlichen Eulengeschlechts, bogen, dann unter der Nacht des ungeheuren Waldes sich verloren und zuletzt in den ausgedehnten Halbmond des Sees sich ergossen, über welchem, der untergehenden Sonne gegenüber, ein blasser Schimmer die nahe Ankunft des Mondes verkündete.

Ermattet brach sich der letzte Strahl der Scheidenden an den Gigantenmauern des Berges. Jetzt ist sie nicht mehr; rosiges Feuer läßt sie zurück, das sich unmerkbar in das tiefe reine Blau des unermeßlichen Gewölbes verschmilzt. Welch heilige Stille; kein Lüftchen weht, kein Wölkchen schleicht am Himmel. Klopfend atmet das Herz all diese Genüsse, trunken schweift das Auge über die weiten Auen und Hügel, über Wälder und Felder, über Strom und See; welche heroische reine Natur, von keinem menschlichen Machwerk gestört! Welch edle Formen der Berge und Gründe, vom flammenden Abendrot mit zaubrischen Farben erwärmet. Es war ein Anblick, wie Adam ihn genossen haben mochte, als er die Natur in ihrer Jugend, in ihrer Echtheit begrüßte. Hier schwanden alle Gedanken, Menschheit und menschliche Kunst und menschliche Pracht. – Hier oben muß die Nacht göttlich sein!, dacht's und warf mich unter eine riesige Fichte, die ihre entlaubten Arme in bizarren Verschränkungen über mich ausstreckte. Wie wohl war mir. Unnennbare Gefühle, sehnsüchtige Phantasien, leuchtende Bilder der Hoffnung drängten sich in meiner Seele, während der Widerschein der gesunkenen Sonne allmählich verblich und dem dunkeln Blau der Dämmerung Platz machte. Die Farben verschwammen in Grau, und Grau umhüllte die Landschaft. Die Gefilde verschwanden vor meinen Blicken, immer näher und näher, bis zuletzt nur noch der felsige Vorgrund düster herausragte. Nacht und Nebel sank auf die Erde, vom matten Scheine des hinter mir aufgestiegenen Mondes durchflimmert. Trüb und bleich, wie der Geist der gestorbenen Sonne, wollte er die nämliche Bahn durchleuchten, die sie durchleuchtet hatte; aber es war nur ihr Schatten!

Mutlos, aber treu, schaute er in die verdunkelte Schöpfung, ein Bild der hoffnungslosen Liebe. Melancholische Gedanken weckend, betrat er seine Bahn, warf einen schimmernden Blick auf den unter ihm ruhenden See und lockte einige Sternchen ans Firmament. Noch erreichte sein schwaches Licht die Höhe meines Berggipfels nicht, ich lag in dämmerndem Dunkel; frische Winde wehten über den Berg, kühlten die brennenden Wangen und flatterten wohltuend durchs Haar. Morpheus streute Körner auf meine Augen. Ich schlummerte ein ins Reich der Träume. Es war mir, als betrachtete ich noch einmal den herrlichen Sonnenuntergang und die paradiesische Landschaft; da trat ein freundlicher Greis vor mich hin, von Ehrfurcht erregendem Ansehn; der silberne Bart umfloß seine milden aber tiefen Züge und fiel in sanften Wellen auf das weiße blendende Gewand; majestätische Weisheit thronte auf der hellen Stirn, aus den Augen leuchtete immerwährende jugendliche Kraft, gepaart mit heiligem Ernste des Alters; es leuchtete die Ewigkeit aus ihnen! »Was sinnst du?« sprach er zu mir mit unaussprechlicher Güte, in einer niegehörten und doch von jedem Wesen verstandenen Sprache. »Ich forsche nach dem, der dieses alles geschaffen hat«, antwortet ich schüchtern. »Du wirst es sehen«, sprach er und verschwand. Da ward das Felsenhaupt des Berges zu einem flammenden Altar, um den die ganze Menschheit, von Anfang bis ans Ende, auf den Knien lag. Auf dem Altare strahlte ein geheimnisvolles Licht von unbestimmter Gestalt und unbekanntem Namen, aber erquickende, belebende Wärme ging von ihm aus, es verbreitete goldenen, sonnigen Schein durch die ganze Natur. Zu diesem Lichte beteten alle Menschen, die da waren. Alle Nationen aller Zeitalter und aller Religionen verehrten dasselbe, nur unter verschiedenen Namen. Da zitterten Römer und Griechen vor ihrem Jupiter, und Ägypter opferten dem Osiris und der Isis; dort büßten Juden vor Jehovah und erwarteten den Messias, während römische, kalvinische, lutheranische Christen mit allen ihren Sekten ihren Erlöser lobpriesen. Der Türke schwur bei Mohammed und der Chinese beim Fo. In buntem Gemische sangen menschenschlachtende Mexikaner, rohe Kannibalen und feueranbetende Perser ihre Andacht, der Indier betete zu Brahma und der Irokese zu seinem Manitu - sie alle glaubten an das Licht, und über alle ergoß es seine wärmenden Strahlen - nur ein Häuflein armseliger Kreaturen kroch im kalten Schatten und warf höhnische, verächtliche Blicke auf die gläubige Menge. Dies war die Rotte der kurzsichtigen Freigeister, der Gottesleugner. Sie glaubten die Geheimnisse der Natur ergründet zu haben und schrieben den Gang des Weltenlaufs, des Lebens allein den verschiedenen Kräften zu, die in derselben wirken. Die Toren! sie zergliederten in ihren Mäuseköpfen das große Uhrwerk und leiteten die Verrichtungen der Natur vom ewigen Gange der Räder und Getriebe her, ohne zu bedenken, daß eine Hand nötig war, um das Ganze in Bewegung zu setzen. Diese Geschöpfe verlachten den vernünftigen Glauben; aber sie spotteten ihrer selbst, denn das Dasein eines Schöpfers zu leugnen, ist größerer Unsinn als der finsterste Aberglaube; auch waren sie samt ihrer Philosophie zehnmal unglücklicher als der einfältigste der Gläubigen. - Plötzlich verteilte sich das Licht, und in der blendenden Strahlenfülle schwebte der Greis, den ich gesehen hatte. Er sprach mit väterlich huldreicher

Stimme: »Erforschet meine Werke, und ihr werdet mich erkennen!« und die Menschheit erkannte ihren Schöpfer! Ich erwachte und blickte verwundert um mich herum. Welche Pracht bot sich mir dar! Es war Mitternacht geworden, der Mond stand mitten am Himmel und goß sein mildes Licht auf des Berges Scheitel, auf der ich lag. Ringsherum verbreitete sich die Herrlichkeit des ganzen Firmamentes. Tausend und tausend Sternbilder strahlten in ewiger Harmonie von ihrer Bahn; hoch über mir zog sich die Milchstraße über den unermeßlichen Plan. Ich sprang auf und wandelte wonnetrunken zwischen den versilberten Fichtenstämmen umher, welche, auf den hellen Rasen kräftige Schatten werfend, wie Tempelsäulen zum flimmernden Gewölbe emporstrebten. Feierliches Schweigen ruhte auf der ganzen Natur, kein Wesen atmete außer mir; nur aus dem Tale herauf drang ein leises, fernes Murmeln vom vorbeifließenden Strome, aus welchem der Widerschein des Mondes wie ein Stern aus der dunkeln, verworrenen Tiefe heraufglänzte.

Ich blickte über den Rand des Berges in die Nacht hinab, blickte ringsum in die Nacht hinaus und blickte mit irrendem Auge an das Sternengewirre über mir. Das ganze Altertum mit allen seinen Fabeln, Göttern und Helden tat sich mir auf beim Anblick dieser ewig leuchtenden Denkmale der alten Mythologie. Unverwandt starrte ich empor, entsetzt über diese Unendlichkeit, über diese Größe, diese ewige Harmonie der Systeme, und fand, daß die Sternkunde die erhabenste der menschlichen Wissenschaften sei.

Es war der köstlichste Moment, den ich je genossen hatte, als ich so dastand auf dieser abgeschiedenen Höhe, vom Monde beschienen und ringsum schwarze Nacht, aus welcher unbestimmt und dämmernd die Umrisse der näheren Gegenstände hervorschauten, als ich so ganz allein auf diesem Berge stand und über mir die sternbesäete Decke. – Unheimliches, zitterndes, staunendes Entzücken ergriff mich, heißer Stolz flammt' in mir auf und schmolz in demselben Augenblicke in Demut und Anbetung vor dem, der dieses alles geschaffen hatte, der mir diese Nacht schenkte. Ich brannte vor Begierde, meine Seligkeit einem gleichfühlenden Wesen mitzuteilen, mein Entzücken in den Augen desselben zu lesen, aber ich war allein, mußte meine Lust und meine Wehmut in mich verschließen. Ich lehnte an einen Stamm und durchwachte schwärmend und träumend den übrigen Teil der Nacht. Der Mond nahte dem Ende seines Weges, langsam durchmaß er ihn, die Gestirne rückten weiter und verschwanden allmählich den Blicken. Über dem See lichtete ein grauer Streif die Nacht, welcher sich vergrößerte, sowie der Mond auf der entgegengesetzten Seite sich der Erde wieder näherte. Die Dämmerung verdrängte die Nacht, der Tag die Dämmerung; die Aussicht lag wieder vor mir, aber nicht mehr die abwechselnde gestrige, sondern eine einzige graue Nebelfläche, wie ein Meer, aus dem mein Berg wie eine Insel hervorragte. Doch bald glühte das Morgenrot und warf die ersten Farbentöne in die Schöpfung; der Nebel schmolz, und in verjüngter, erfrischter, verherrlichter Kraft lachte die Natur mich an, als die Sonne heraufstieg und ihr Feuer über den goldenen See hinschoß. Da sandte ich die letzten sehnsüchtigen Blicke rings über die Täler (ich konnte beinahe nicht scheiden) und entstieg mit gefülltem Herzen dem Gipfel. Tau beglänzte meinen Weg, überall feierten die Wesen, jegliches Würmchen und jegliches Gräschen an der Quelle, den Morgen. Alle die Stellen, die ich im Abendscheine gesehen, die mich erfreut hatten, erschienen mir wieder im Morgenglanz, und bald durchwandelte ich die herrlichen Gefilde und genoß jede Schönheit einzeln, die ich im harmonischen Ganzen vom Berge aus bewundert hatte.

Das Gewitter

Dort, wo der alte Berg das steingraue Haupt in schwere Wolken hüllet und seine mit dunkelm Forste bedeckten Lenden ins Tal wirft, dort sammelt ein schwarzes, feuerschwangeres Gewitter seine belebenden und tötenden Kräfte. Finster und immer finsterer ziehen sich die großen, dicken Wolken zusammen und wälzen sich vereint über den Himmel hin; nur die weiß glänzende Sonne durchbricht noch mit stechenden Strahlen den blauschwarzen Vorhang und verbreitet ein schwüles unnatürliches Licht auf die Gründe, so daß sie mit grellen Farben von der dunkeln Luft abstechen. In ängstlicher Flucht eilen die Schnitter und die Hirten den Dörfern zu; denn schon rollt mit hohlem Getöse der Donner an den Gebirgen umher, welche in ihrer tief violetten Farbe dem Auge meilenweit näher gerückt scheinen, als da sie am hellen Mittage in fernem azurblauem Tone verschwammen. Drückende Stille wallt auf den Fluren und um die Hügel, jedes lebendige Wesen hat sich ein Obdach gesucht; nur ein dumpf kreischender Rabe, der zu lange beim Aase verweilet, zieht in unsicherm Bogen unter dem niederhangenden Gewölke hin, bis auch zuletzt er am waldichten Abhange des Berges verschwindet. Jetzt reckt, wie eine ungeheure Hand, eine neue Wolke ihre flutenbergende Masse über die Sonne hin, und plötzlich überzieht kalter Schatten die weiße Mauer der kleinen Kapelle, die bis jetzt noch freundlich geschimmert, und plötzlich verschwindet der letzte silberne Fleck, der noch auf dem Flusse geglänzt hat. Schwere Tropfen fallen nieder, gleiten von Blatt zu Blatt und beugen den schwankenden Grashalm, oder sie schlagen weithinringelnde Kreise auf den Teich; immer dichter fallen sie, bis zuletzt in Millionen von grauen Strichen der Regen herniederrauscht und die fernern Gegenstände dem Auge verhüllt. Kaum erkennt man noch die verworrene Masse des nahen Berges, da erleuchtet plötzlich seine Kluften ein feuriger Augenblick, der erste Blitz, und ruft mit zuckender Bewegung den lange nachhallenden Donner aus den Wolken. Bald folget Blitz auf Blitz; oft scheint die ganze Natur in einem einzigen Feuermeere zu schwimmen, und in immer kürzern Zwischenräumen folget das weithindröhnende Getöse; ein geborstner Weltkörper scheint ob uns hinzurollen. Dort, wo die zersplitterten Bäume schon seit Jahrhunderten den Felsen bekränzen, kreist das Gewitter mit doppelter Wut und bestrebt sich mit rasenden

Kräften, den vieljährigen Stolz einer riesigen Eiche zu beugen. Pfeifend schwingt sie ihre jüngern Äste im Sturme, während die ältern erstarrten ihn mit Hohn zurückweisen oder mit morschem Gekrache einen ihrer Brüder verlieren. Stehe fest, alte Eiche! durchklamme mit deinen knorrigen Wurzeln tief das Eingeweide der Erde und greife verwegen mit deinen entlaubten riesigen Armen in die Luft, schüttle höhnend den peitschenden Regen vom rauschenden Gewande, und ruhig laß den heulenden Wirbelwind rasen um den zum Fels gewordenen grauen Stamm. Stehe fest und verachte das Unwetter, das sich tobend an deiner Stärke bricht; denn höchstens wird der flammende Blitz das schmarotzende Efeu und das wuchernde Moos von deinen Seiten streifen und die hungrigen Raben verscheuchen, die in deinen Wipfeln nisten. Also verscheucht das Unglück den Schwärm unverschämter Freunde, die an den Tritten des großen Mannes kleben, wenn es mit rauhen Schlägen ihn trifft. Sie umsummen ihn heuchelnd, solange er auf dem sonnigen Pfade des Glückes wandelt; wie er aber die schwanke Brücke des Mißgeschickes betritt, zerstäuben sie, wie trockener Kot auf der Landstraße, wenn des Pferdes Huf ihn in Wolken aufjagt. Er steht dann einsam und verlassen, aber er bleibt sich gleich, glänzender nur tritt seine Größe hervor, so wie du mit erneuter Fülle blühen wirst, herrliche Eiche, wenn du vom nagenden Unkraute befreit bist. Stehe fest und verachte das Unwetter, es wird dir nichts anhaben; denn solange du, Gewaltige, mit dem Gewaltigen kämpfest, bleibst du unbesiegt; aber fallen wirst du doch noch. Kleine, hinkende Menschen werden kommen, mit rostigem Eisen deine Wurzeln zerhacken und mit kratzenden Sägen deinen Stamm durchschneiden, dessen weder das Alter noch die Größe ihnen ehrwürdig genug ist. Sie werden gleich Maulwürfen dich untergraben, bis du dich neigest, und wenn du auch einen von ihnen im Falle erdrückst, so wirst du doch fallen, nachdem du drei Jahrhunderte hindurch stummer Zeuge ihrer unsinnigen Taten gewesen bist. Dann werden Weiber und Kinder deine bezwungenen Äste zum Feuer schleppen, um ihren Fraß zu bereiten, und du selbst wirst ihrer rußigen Wohnung zur festen, doch verachteten und verborgenen Stütze werden oder noch drei Jahrhunderte hindurch als schlechter Pfahl unter einer Brücke dein unzerstörbares Dasein vertrauern; denn aus unvergänglichem Stoffe hat der Schöpfer deine Ringe gebaut.

Aber, Entsetzen, wie flammt's jetzt am Himmel! Zehen schreckliche Blitze zerfließen in ein langes furchtbares Feuer, so daß der zitternde Erdensohn die Hand vor das geblendete Auge hält und in heißer Angst den nachfolgenden Donner erwartet, welcher mit grellem stechendem Schalle das Weltall aus den Angeln zu werfen droht. Schwüle Nacht folgt nun wieder. Ein zweites, ferneres Gewitter rollt jenseits der Berge und spielt ein majestätisches, harmonisch gedämpftes Zwischenspiel, und seine rötlichen Blitze durchzucken schwächer die fernsten Wolken; bis wieder ein langer, gräßlicher Blitz herniederfährt und die staunende Seele aus ihrer Betäubung aufrüttelt; dumpf murrend folgt anfangs der Donner; aber jetzt, mit einem entsetzlichen, das innerste Mark durchschneidenden Schlag rast er am schwarzen Himmel umher, und mit nachhallenden Schlägen beklemmt der die Gefühle des betenden Landmannes, der sich mit Sense und Rechen unter das schützende Vordach einer alten Kapelle gerettet hat. Er wagt's, die Augen aufzuschlagen und über die verdunkelten Gefilde den sorgenden Blick zu senden. Wehe, da steigt langsam und qualmend eine gelblichte dicke Rauchsäule gegen den zürnenden Himmel hinauf, und ein hellklingendes verwirrtes Geläute schallt flehend vom heimatlichen Dörfchen zu ihm her. Er blickt genauer hin, und, o Gott, es ist sein eignes Haus, das vom Feuer verzehrt wird; denn er erkennt's an dem schlanken Pappelpaare, dessen Wipfel an seines Gartens Seite in die Höhe streben. Jetzt entstürzt er dem sichernden Obdach, nicht achtet er mehr die niedergießenden Bäche, noch den verderblich zuckenden Blitz; in angstvoller, atemraubender Eile fliegt er dem Orte zu, wo sein Glück und seine Habe untergehen. Schon ist er dort. Er zerteilt keuchend die gaffenden Haufen – da steht nur noch das schwarzgebrannte, rauchende Gerippe des Hauses, in dem schon seine frommen Väter gewaltet haben, in dem er selbst das Licht erblickte und in welchem er wieder andern teuren Geschöpfen das Leben gegeben hatte. Starr steht er und will das plötzliche Unglück nicht begreifen; da klopft ein ernster Mann, tränenden Blickes, ihm auf die Schulter und führt den Armen vor eine Entsetzen erregende Gruppe. Der Leichnam seines Weibes, des geliebten, treuen Weibes, liegt im Grase dahingestreckt, vom Schlage getroffen, schwarz und verkohlt. Geblendet ist das liebliche, treue Auge, verzerrt und verblichen die sonst blühenden Wangen und der rosige Mund, und verstümmelt ist der zarte, herrliche Körper vom stürzenden Gebälke. In ihrem Arme ruht der tote Säugling, und an ihrer Seite liegt das älteste Mädchen, in den Flammen erstickt. Das alles, alles so mit einem Blick zu umfassen, welch schreckliches Schicksal für einen Gatten und Vater; ach, ein vornehmer Philosoph würde sich ja kaum beherrschen, geschweige denn ein Bauer, der von einer gezwungenen, geregelten und erbärmlichen Maschinerie der Gefühle nichts weiß. »O mein Leben!« schreit er und sinkt mit ausgebreiteten zitternden Armen auf die Teuren hin und umschlingt sie und küßt sie und schluchzt und kann und will das Ungeheure nicht glauben. Wer den Mann vor einer Stunde gesehen hat, wie er, der Kräftige, Überglückliche, Gesegnete, vom herrlichen, geliebten Weibe Abschied nahm und verhieß, bald wiederzukommen, wie er den Arm um ihren schlanken Leib schlang und die schneeige, schwellende Brust küßte, an welcher der lächelnde Knabe lag - wer da ihn gesehen und wer ihn jetzt sieht, zernichtet, zertreten auf den Trümmern seines halben Lebens, - der wird deine furchtbare Größe, deine tötende Liebe erkennen, o Schöpfer, dessen unwandelbarer Geist von einem Anfang der Ewigkeit zum andern die Gelenke der Weltenkette mit spielender Hand ineinanderfügt und dessen Worte Gewitter sind. O Sonnenerschaffer, Gott alles Seins, du schreibst mit flammenden, zerstörenden Zügen deinen ehernen Namen in der Menschheit weiche Herzen, aber göttliches Feuer ist es, das du in unsre Wunden gießest, und deine Zerstörung ist erneutes, erfrischtes Leben, ein grauer eisiger Winter, der den jungen wollustatmenden, rosenglühenden Frühling erzeugt.

Der Himmel hat nun sein Opfer empfangen, und zufrieden mit der Beute wälzt er sein Gewitter über eine andere Gegend hin und beginnt die schwarzen Wolken zu lichten. Für das eine, das er genommen, hat er Millionen von Leben erfrischt, verjüngt und den ganzen Tempel der Natur mit einem neuen glänzenden Feierkleide geschmückt. Ein erquicktes frisches Grün flüstert an allen Bäumen und schmeichelt dem umherschweifenden Auge, daß es bald die Schrecken der vergangenen Stunden vergißt. Indessen hat die Sonne hinter dem Gewölke ihre Bahn fortgesetzt und ist jetzt ihrem Untergange nahe. Ehe sie aber scheidet, zerreißt sie noch einmal die Wolkenhülle in glühende Streifen und gießt eine orangenrote Glut über die Erde hin und widerstrahlt von allen Auen, und von jedem Gesträuche trieft sie in tausend goldenen Tropfen, und gegenüber ihr im Osten brennt eine gigantische Wolkenmasse in hohem Purpur. Und von neuem jubelt's und kreist's in den Lüften und auf den Feldern. Die glänzenden Schwanen tauchen sich in den rötlichstrahlenden See, und die Fische erheben sich in lustigen Sprüngen über seine Fläche. In den Wäldern wimmelt's von Freude, Leben und Gesang; die scheuen Rehe trippeln aus ihren Schlupfwinkeln hervor und jagen sich fröhlich über die offene Waldwiese, um den angeschwollenen Bach zu besuchen. Stutzend stehen sie am Ufer, denn die rauschenden Fluten des sonst sanft murmelnden Baches haben sie erschreckt. Doch wagen sie jetzt zu trinken und fliehen dann in leichtem, anmutigem Laufe davon. Aber aus dem hohlen, moosbehangenen Stamm der königlichen Linde schleicht, roten Haares und schlauen Blickes, ein Fuchs hervor und recket den tückevollen Kopf forschend in die Runde. Er hatte sich, zu weit von seinem Baue entfernt, in das bergende Dunkel dieses Baumschlosses geflüchtet, als das Ungewitter mit seiner Wut ihn auf bösen Wegen überraschte. Zitternd duckte er sich an die alten Wände des Stammes und gelobte sich heilig, nie mehr zu sündigen, wenn nur diesmal der Blitz ihn verschone. Jetzt aber kommt er leichteren Herzens wieder hervor und beleckt den durchwaschenen Balg und lenkt den lauschenden Schritt dem Dorfe zu, um aufs neue zu - stehlen.

Am Sumpfe stelzt gravitätisch ein Störchepaar auf und nieder und erspäht sich ein taugliches Abendmahl, da der Regen Scharen von Fröschen, Kröten und anderm Geziefer hervorgelockt hat. Auch die frohen Menschen schwärmen jetzt wieder über die Felder und prüfen mit sorgender Miene ihre Äcker und freuen sich, wenn alles in verdoppelter Kraft ihnen entgegenlacht. Und alles ist fröhlich und atmet Wonne in der gereinigten, kristallenen Luft: nur auf der beglänzten Straße zieht eine Gruppe heimatloser Leute, Männer, Weiber und Kinder, am Bettelstabe dahin, durchnäßt und traurig, und die schöne sinkende Sonne mit all dem verbreiteten Entzücken läßt sie ungerührt, denn das allernährende, einzige Lebensprinzip, die Hoffnung, ist ihnen fremd, und sie kennen vom herrlichen Dasein nur die graue, kotige Seite, weil ihre Seele noch ärmer und verwahrloster ist als der Leib.

Ein feiner Regen spielt jetzt noch um das hintere Gebirge, und das untergehende Gestirn malt auf Augenblicke einen Bogen hinein vom herrlichsten Farbenschmelz. Jetzt verschwindet das Licht und mit ihm die perlende Pracht, und alle glühenden Lichter auf den Blättern und Bächen erlöschen. Ich aber will noch den gestirnten Himmel erwarten, der bald mit seiner Hoffnung gebenden Sonne in die Erde schaut, als hätte er heute kein Wölkchen gesehen; und dann will ich mich mit genußerfülltem, beinah zu vollem Herzen aufs Lager werfen und im Traume den göttlichen Tag zum zweitenmal verleben.

Die Reise in die Unterwelt

Die Nacht dämmerte kühlend und ruhebringend hernieder, als ich unter dem niedern Fenster meines Kämmerleins saß und gedankenvoll oder auch gedankenlos in den leise wogenden Abend hinausschaute und den erquickenden lauen Wind einatmete, der durch das offene Fenster zog und die verwitterten runden Glasscheiben klirren machte. Ferne Blitze zuckten stille am Horizonte hin, die dunsterfüllte Luft widerstrahlte in seltsamen Formen vom Glanz der hinabgegangenen Sonne. Mit ihren schon oft gehörten heimlichen Tönen klang die Abendglocke zu mir herüber und rief Erinnerungen aus meinen Kinderjahren in meine Seele zurück. Ach, schon damals wie jetzt stand ich oft unter ebendiesem Fenster und harrte und staunte, bis der alte breite Turm sich in schwarzen dunkeln Umrissen ins Abendrot tauchte, oder ich blickte sehnsüchtig den vorüberfliehenden Wolken nach und freute mich kindisch, wenn ich aus den unbestimmten Formen derselben einen Drachen oder einen Riesen herausgrübeln konnte; oder ich horchte dem Klange der Glocke, die in den nämlichen, feierlich abgemessenen Tönen mein Herz rührte, damals wie jetzt. Indessen verglomm der letzte Schimmer des Tages, und ein blasses zweifelhaftes Licht zitterte nur noch durch die Natur. Stiller säuselten die nächtlichen Lüfte, jegliches Wesen in den Schlummer wiegend. Vor mir schwankte an unsichtbarem Faden eine mächtige Kreuzspinne vom Dache herab, ließ sich auf meinen Rosenstrauch nieder, befestigte da ihren Faden und schwebte wieder hinauf, ringsum die Stützen ihres Mordgewebes zu gründen. So fuhr sie mit emsiger Arbeit fort, dem unschuldigen wehrlosen Mückengeschlechte den Tod zu bereiten, und ahnte nicht, daß sie selbst in Todesgefahr schwebte, denn ich geriet stark in Versuchung, das häßliche Geschöpf zu verderben. Jedoch hatte ich dazu kein Recht; denn es ist gezwungen, zu seiner kümmerlichen Nahrung das zu tun, was wir Menschen ohne Notdurft täglich an Hunderttausenden von wehrlosen Geschöpfen ausüben, bloß um unsern leckern Gaumen zu kitzeln, und uns stehen doch so unerschöpfliche Mittel auch aus dem Pflanzenreiche zu Gebote. Die Spinne zog also ungestört ihren Faden, und ich überließ mich meinen Gedanken; aber bald verfiel ich in Schlaf und seltsame Träumereien, vom sanften Abendhauche eingelullt.

Mir war jetzt, als verfolgte ich noch mit den Augen die unablässig sich jagenden, hoch auftürmenden und wieder zusammenfließenden Luftgebilde, da erregte eine wunderbare Wolke meine besondere Aufmerksamkeit.

Fabel

Zur Zeit der Abenddämmerung saßen drei oder vier Leuchtwürmchen in einer Wiese unter den Kräutern und Blumen, und man sah, wie sie geheimnisvoll die Köpfe zusammensteckten, emsig hin und her krochen und sich eifrig besprachen, so daß man glauben mußte, es sei etwas sehr Wichtiges im Werke.

Als nun die Nacht auf die Felder und Fluren herniedersank und die Sterne am Himmel erglänzten, da erklommen sie einen hohen Grashalm und sprachen zu den Sternen: »Ihr lieben Sternlein! Ihr müßt gewiß sehr müde sein von eurem allnächtlichen Wachen; drum geht einmal ohne Sorgen schlafen; wir wollen indes die Erde für euch beleuchten!« Die Sternlein lächelten einander an und verbargen sich zum Spaße hinter kleine Wolken; die Leuchtwürmchen aber glänzten die ganze Nacht hindurch aus allen Leibeskräften, und am Morgen meinten die guten Tierlein, sie hätten die Erde erleuchtet.

Reisetage

In einer gewissen Epoche des Lebens gewähren uns wohl die reinsten und erhabensten Erholungen jene fröhlichen Fußwanderungen, welche wir etwa mit einigen Freunden von gleichen Anlagen, gleicher Lebenslust und Lebensansichten zu machen pflegen. Wie man sich in solchen Fällen in allen materiellen Bedürfnissen scherzend und liebreich aushilft, ja meistens die Kasse, ohne zu fragen, wer am meisten hineinzulegen hat, gemeinschaftlich führt: ebenso teilt man auch gebend und nehmend den schöneren Schatz des Wissens und der Erfahrung, und bald ist es der, bald jener, welcher das Amt der Belehrung über vorkommende Reisemerkwürdigkeiten übernimmt. Wie reich und anregend aber auch die Tage einer solchen Wanderung an unserm Gemüte vorübergehen, und wie reizende Bilder sie auch in dem offenen Album unsers inneren Auges hinterlassen: so bereiten uns doch die Abendstunden solcher Tage noch die gemütlichsten Freuden, wenn man, angekommen in irgendeinem freundlichen Dorfe oder in einem kleinen altertümlichen Städtlein, die gastliche Herberge aufsucht, wo man Ränzel und Stab abwerfen und, während man behaglichst ausruht, das Leben und Treiben der unbekannten und doch allwärts sich so immer gleichen Menschenkinder anschauen kann.

Mitten auf einer solchen Reise waren zwei Freunde, Plankof und Nästele, begriffen. Es waren dies zwei fröhliche Studenten, die sich beim rauschenden Gelage gefunden, bald aber auf der stilleren Stube näher kennen und lieben gelernt hatten. Sie gehörten zu denen, welche sich schon ernstlicher mit ihren Lebensaufgaben beschäftigen und, ein wenig mehr im Kopfe tragend als eben nur Bier- und Waffenkomment, sich frei, schicklich und beobachtend im Leben zu bewegen wußten und von beschränktem Studentendünkel, wie er vorzüglich auf den süddeutschen Hochschulen zu Hause ist, keine Spur an sich trugen. Daß sie aber zur rechten Zeit sich von keinem Renommisten weder unter den Tisch trinken, noch schimpflich ausschmieren ließen, konnte man ihrem gewandten und kräftigen Äußern wohl ansehen.

Plankof war ein hochgewachsener, kecker Norddeutscher, Sohn eines wohlhabenden Kaufmanns, von feurigem Geiste und beredter Zunge, der sich sicher und gewandt in allen Verhältnissen zu bewegen wußte und schon mehrere Jahre in Berlin zugebracht hatte, eher zur Veredlung und Pflege seiner herrlichen Geistesanlagen als zu einem beengenden Brotstudium. Man konnte ihm wohl anmerken, daß er, wenn er einst im Besitz seines zu erwartenden Vermögens wäre, sich wenig um eine gute Anstellung oder um eine weitläufige Praxis kümmern, sondern seinem Drange zu poetischem und künstlerischem Wirken freien Lauf lassen würde.

Nästele aber war ein lieber, stiller Schwabe, von mittlerer, etwas beleibter Statur, mit milden, bescheidenen Augen. Als einer von den sieben Söhnen eines nur wenig bemittelten Beamten mußte er seine Studienzeit so anwenden, daß er die mit einiger Mühe gebrachten Opfer seines Vaters zur Grundlage einer festen nachherigen Existenz machte.

Auch er nährte zwar einen Funken von Phöbus' göttlichem Feuer im Herzen, aber mit stiller Resignation hoffte er einst glücklich zu sein, wenn ihm ein bescheidenes Amt nur Muße genug ließe, in den Blüten- und Fruchtgeländen anderer, auserwählter Gärtner zu wandeln und zu genießen. Könnte er dann noch im eigenen Gärtchen etwa ein verborgenes Blümlein ziehen, das einen anspruchlosen Wanderer gelegentlich erquickte, so wären seine kühnsten Wünsche sattsam erfüllt. Er lebte und webte ganz in dem mittelalterlichen Paradiese seines schönen Schwabenlandes; und wenn Plankof den sangerfüllten Trinksaal in Walhalla umschuf, sich als heldenseligen Einherier und das schlanke Kellnermädchen als mutige Walküre dachte, die ihm den Met reiche: so versetzte sich Nästele gerne als Minnesinger auf die Zinnen einer alten schwäbischen Burg, und die Kellnerin war ihm dann immer ein schönes, sanftblickendes Burgfräulein, das ihm den funkelnden Römer kredenzte.

Nästele hatte seinen Freund beredet, die Herbstferien mit ihm zu einem Besuche in sein väterliches Haus zu verwenden, und so waren sie, nachdem sie die Post bis Köln benutzt hatten und von da den Rhein aufwärts zu Fuße wanderten, an einem schönen Septemberabend in ein kleines Städtchen eingerückt, wo sie zu übernachten beschlossen.

Sie kehrten im vornehmsten Gasthause, zur blauen Lilie beschildet, ein, und nachdem sie von den höflichen Leutchen, sogleich als Kinder aus gutem Hause erkannt, in die große Gaststube geführt worden, warfen sie ihre Tornister und ihre breiten Strohhüte froh auf eine lange Ofenbank und machten sich alsobald mit jugendlicher Heiterkeit über die indessen aufgestellten Erfrischungen her. Wer so einen sonnigen, heißen Tag munter und behende auf der Reise in einer reizenden Gegend, zumal wie am Rhein, wo die Rebenhügel uns von allen Seiten bedeutsame Grüße zuwinken, zugebracht hat, der weiß, wie einem dann das Abendbrot in einem reinlichen und wirtlichen Gasthause so trefflich mundet; und so wird es der freundliche Leser unsern jungen Wandersleutchen gewiß nicht übel auslegen, wenn sie die Flasche Affenthaler, welche sie vor sich sahen, ein wenig schnell um ihren feurigen Inhalt gebracht hatten.

Als aber der geschäftige Wirt, so ein rechter, etwas dicker Überall-und-Nirgends, keuchend herankam und eine zweite Flasche bringen wollte, verbaten sie sich dieses bis auf das eigentliche Nachtessen, indem der eben eingenommene »Bissen und Trunk« nur so eine Art Vorläufer und Quartiermacher gewesen sei. Sie ließen sich nun auf ihr Zimmer führen, kleideten sich dort ein wenig um und ergötzten sich dabei höchlich an der baumwollenen Pracht in Gardinen, Betten und an den geschmackvollen Wandbildern, die man gewöhnlich in solchen Gasthofzimmern antrifft.

Um beschaulich und ruhig zu verschnaufen, legten sich unsre beiden Studenten unter das Fenster, daß auf die Hauptstraße des Städtchens ging, und erfreuten sich da weidlich an den altertümlichen, bald bemalten, bald mit gotischer Steinhauerei bedeckten Häusern, zwischen welchen hie und da gar vorwitzig dünkelhaft ein modernes blankgeweißtes Kaufmannshaus hervorstach. Es währte jedoch nicht lange, so hatte der scharfsichtige Plankof schon ein paar niedliche Mädchenköpfe hinter einem Fenster über der Straße entdeckt, welche neugierig und vielleicht ein wenig sehnsüchtig die fremden Jünglinge belauschten, während der gutmütige Nästele vergnügt den Lärm der Kinderlein beobachtete, die unter den Augen ihrer plaudernden Mütter in der Straße spielten.

Der schöne Abend ließ indessen unsern beiden Freunden nicht lange Ruhe, und sie beschlossen, noch ein bißchen hinauszugehen ins Freie. »Die uralten Stadtmauern und Türme solcher Nester«, meinte Plankof, »gewähren einem meistens mehr Unterhaltung und geben dem malerischen oder poetischen Sinn bessere Nahrung als der ganze Menschenquark, den sie umschließen.« Und Nästele stimmte ihm hierin vollkommen bei, nur fügte er noch hinzu, daß besagter Sinn an dem Innern Treiben solcher Städtlein hinwiederum doch mehr Nahrung fände als in unsern großen heutigen Hauptstädten, welche weder interessante Einwohner, noch merkwürdige verfallene Ringmauern hätten. »Hast auch wieder recht, Junge!« antwortete Plankof, »anstatt der mit Efeu und wunderlichen Türmchen und Schießscharten versehenen Mauern finden wir dort Vorstädte voll Hunger und Elend mit nüchternen Barrieren und traurigen Gendarmen, und die Einwohner sind dort bei ihrem unnatürlich aufgeklärten Wesen und äußerlicher Gefühllosigkeit darum nicht weniger kleinstädtisch schwatzhaft, verleumderisch und neugierig. Und dann, wo findest du jene blühenden, bescheidenen, so unaussprechlich anmutigen Mädchengesichter, wie wir schon einige vis-à-vis gesehen haben, eh wir nur eine halbe Stunde hier waren?«

»Oho Bursche«, erwiderte Kästele, »mich dünkt, du habest in Berlin doch auch etwas der Art entdeckt, oder was hat dich denn so oft in den schwarzen Frack gejagt, den du sonst nicht ausstehen kannst? War etwa die Schwarze in der Mittelstraße nicht unaussprechlich anmutig?«

»Nun ja«, sagte Plankof etwas verlegen, »das ist eben eine interessante Dame, und wenn man solche gewöhnlich nur in größern Städten findet, so laufen sie doch auch nicht dutzendweise herum.«

»Concedo«, versetzte Nästele, »und ich möchte die Behauptung aufstellen, daß der Typus jener deutschen frommen und lieblichen Mädchengestalten, die uns in den Werken der altdeutschen Maler so sehr entzücken, durchaus nur noch in den kleinern Städten anzutreffen sei.«

»Und woher kommt das?« klagte Plankof, »woher anders, als weil die einfältigen Dinger nicht mehr wissen und merken wollen, was sie ziert und anziehend macht in den Augen eines echten Mannes; aber wer ist schuld daran? Wir selbst! Und solang wir unsere Kleider und Sitten noch aus Paris beziehen, solange werden auch unsere Weiber nicht gescheiter werden. Die Franzosen tun sich wunder was zugute auf ihren Louis XIV., aber nicht seiner etwaigen anderweitigen Eigenschaften wegen, sondern weil er ein geschmackloser, unnatürlicher Kauz war und den Fluch der Kleideretikette aufbrachte. O Frack! o du herrlicher Seidenhut! o buttergelbe Glacehandschuh! O Zuckerwasser und –!«

Nästele unterbrach ihn hier mit einem herzlichen Gelächter. »So tröste dich einstweilen noch in deinem Zorn; diesen Herbst werden wir es in den leichten, weiten Reisekleidern schon noch aushalten, und im Winter wollen wir eine Revolution des Kostüms anzetteln. Wir werden die Schneider in Enthusiasmus setzen, daß sie lieber die Kunden verlieren als ferner eine französische Hose oder Weste machen; wir werden Bildersturm erheben gegen alle Mode-Journals; dann, o Lieber, werden wir wieder einherwandeln im faltigen Samtkleid und Lederwams, Schwert an der Seite, die schwanke Feder wird wieder fröhlich fliegen wie ehemals; die Mägdlein werden in schweren Seidenstoffen, Kränzlein im Haar, zur Kirche ziehen; güldene und silberne Ketten und Spangen die Menge; denn daß der Wohlstand mit der alten Sitte zurückkehren wird, versteht sich von selbst! Indessen vergiß deinen Harm, und laß uns das allerliebste Krämerstöchterlein dort näher ins Auge fassen.«

Sie waren während diesem Gespräche auf die Straße gekommen und sahen in einem Laden, in welchem alle menschlichen Bedürfnisse wie in einer Arche Noä für den Fall einer zweiten Sündflut aufgetürmt zu sein schienen, wirklich eine schlanke Jungfrau sitzen in einem knappen hellgrünen Hauskleide, gar emsiglich allerlei alte Chroniken in Düten umwandelnd. Dann und wann schien sie aufmerksam in einem der unglücklichen Blätter zu lesen oder etwa einen Holzschnitt daraus, der vielleicht keinen geringern Meister als Dürer oder Martin Schön zum Urheber hatte, für das kleine Brüderlein beiseite zu legen, welches im dämmernden Ladenwinkel sein Spielzeug nach und nach unvermerkt in die holde Nachbarschaft der Weinbeeren- und Mandelnbehälter praktiziert hatte.

tredition®

Über tredition

Eigenes Buch veröffentlichen

tredition wurde 2006 in Hamburg gegründet und hat seither mehrere tausend Buchtitel veröffentlicht. Autoren veröffentlichen in wenigen leichten Schritten gedruckte Bücher, e-Books und audio-Books. tredition hat das Ziel, die beste und fairste Veröffentlichungsmöglichkeit für Autoren zu bieten.

tredition wurde mit der Erkenntnis gegründet, dass nur etwa jedes 200. bei Verlagen eingereichte Manuskript veröffentlicht wird. Dabei hat jedes Buch seinen Markt, also seine Leser. tredition sorgt dafür, dass für jedes Buch die Leserschaft auch erreicht wird.

Im einzigartigen Literatur-Netzwerk von tredition bieten zahlreiche Literatur-Partner (das sind Lektoren, Übersetzer, Hörbuchsprecher und Illustratoren) ihre Dienstleistung an, um Manuskripte zu verbessern oder die Vielfalt zu erhöhen. Autoren vereinbaren direkt mit den Literatur-Partnern die Konditionen ihrer Zusammenarbeit und partizipieren gemeinsam am Erfolg des Buches.

Das gesamte Verlagsprogramm von tredition ist bei allen stationären Buchhandlungen und Online-Buchhändlern wie z. B. Amazon erhältlich. e-Books stehen bei den führenden Online-Portalen (z. B. iBookstore von Apple oder Kindle von Amazon) zum Verkauf.

Einfach leicht ein Buch veröffentlichen: **www.tredition.de**

Eigene Buchreihe oder eigenen Verlag gründen

Seit 2009 bietet tredition sein Verlagskonzept auch als sogenanntes "White-Label" an. Das bedeutet, dass andere Unternehmen, Institutionen und Personen risikofrei und unkompliziert selbst zum Herausgeber von Büchern und Buchreihen unter eigener Marke werden können. tredition übernimmt dabei das komplette Herstellungs- und Distributionsrisiko.

Zahlreiche Zeitschriften-, Zeitungs- und Buchverlage, Universitäten, Forschungseinrichtungen u.v.m. nutzen diese Dienstleistung von tredition, um unter eigener Marke ohne Risiko Bücher zu verlegen.

Alle Informationen im Internet: **www.tredition.de/fuer-verlage**

tredition wurde mit mehreren Innovationspreisen ausgezeichnet, u. a. mit dem Webfuture Award und dem Innovationspreis der Buch Digitale.

tredition ist Mitglied im Börsenverein des Deutschen Buchhandels.

Dieses Werk elektronisch lesen

Dieses Werk ist Teil der Gutenberg-DE Edition DVD. Diese enthält das komplette Archiv des Projekt Gutenberg-DE. Die DVD ist im Internet erhältlich auf **http://gutenbergshop.abc.de**